THE TERRIBLE

THE TERRIBLE
by Yrsa Daley-Ward

이 도서의 국립중앙도서관 출판예정도서목록(CIP)은
서지정보유통지원시스템 홈페이지(http://seoji.nl.go.kr)와
국가자료공동목록시스템(http://www.nl.go.kr/kolisnet)에서 이용하실 수 있습니다.
(CIP제어번호: CIP2019040726)

테러블

THE TERRIBLE
Yrsa Daley-Ward

이르사 데일리워드 지음
김선형 옮김

문학동네

일러두기

1. 주석은 모두 옮긴이주다.
2. 본문 중 고딕체는 원서에서 이탤릭체, 대문자로 강조한 부분이다.
3. 장편소설과 기타 단행본은 『 』, 시와 희곡 등의 작품명은 「 」, 연속간행물, 방송 프로그램명, 곡명 등은 〈 〉로 구분했다.

리틀 루를 위해서

지금까지 펼쳐진 일들을,

심지어 끔찍한 일들마저 사랑하며

그리고 하느님, 끔찍한 일들이 있었습니다.

차례

둘

셋

넷

프롤로그

90년대 후반, 내 꼬마 동생과 나는 정원에서 유니콘을 보았다. 정말이다.

우리 둘이 꾸며낸 이야기가 아니다. 그것은 다른 모든 사물처럼 실재했다. 가끔, 우리 주위의 세계가 불분명해질 때, 사실의 윤곽이 번져 덜 확실한 진실로 변하고 무시무시한 일이 일어날 게 분명해질 때면, 우리 둘은 또렷하게 '사차원'을 볼 수 있었다. 그래서 린퍼드 제임스가 한밤중에 사다리를 타고 올라와 침실 창문을 쾅쾅 두드리며 엄마의 이름을 외쳤을 때,

그러고 나서 그의 목에 핏발이 서고 두 사람이 얼굴을 맞대고 싸웠을 때, 그 둘은 유니콘을 보지 못했다. 어른들은 늘 자기 삶을 사느라 아름다운 것을 놓친다.

리틀 루는 여섯 살이었다. 나는 열 살이었다. 유니콘은 위풍당당하게 정원을 두세 바퀴 돌고 나서, 장미덤불 속으로 홀연히 사라졌다. '사차원'으로밖에 설명할 수 없었다. 우리는 꿈을 꾸고 있지 않았다.

그날 밤, 엄마는 경찰을 불렀다. 다음날 저녁, 린퍼드는 다시 엄마 침대에서 잠이 들었고 무서운 기세로 벽이 무너져라 코를 골아댔다.

유니콘만 이상한 게 아니었다. 저 북부의 촐리에 살 때 우리는 웬만한 세상 사람들보다 하늘에 훨씬 더 가까이 있었다. 굉장한 행운이었다. 리틀 루는 자주 별에 쓰여 있는 것들을 보았다. '징표들' '사실들', 그리고 '다른 것들'. 정말이다.

그애는 어른들이 왜 그런 말을 하는지 알았다. 그리고 왜 어른들이 진심이 아닌 말들을 뱉는지,
나아가 왜 말하는 대로 행동하지 않는지 알았다. 가끔 그애가 찾아낸 건 해답이 아니라 전적으로 완벽한 질문들이었다.

천재였다, 내 꼬마 동생은.

마샤 데일리워드, 일명 '엄마'

는 가는 허리(아주 처음에는)

보드라운 머릿결

눈부신 미소(진줏빛의 호형이었다, 그 치아는. 교회 문처럼

빛났다)를 지녔다.

마샤는 눈웃음이 있고

유연한 골반 덕에

텔레비전에 나오는 사람들만큼 춤을 잘 췄고

자메이카의 킹스턴에서 조부모와 함께 살았고,

아 정말 너무나 친절했고,

어쩐지 예술적인 분위기를 풍겼다.

할아버지가 숲에 가서 어린 남동생을 때릴 회초리를 주워

오라고 시키면

(뭔가 사소한 잘못 때문에), 할아버지 손에서 산산이 부러질

여린 나뭇가지를 주워 와서

매를 벌었다.

마샤는
열네 살이었고 아직 날씬했다, 영국으로 건너왔을 때, 혼자
죽도록 겁에 질린 채
뱃속에 아기를 품고서. 그때 사귀던 남자친구는 아기 아빠가
아니었지만
그런 건 중요하지 않았다, 이제 모든 게 변할 테니까.
드디어, 어머니의 부름을 받았고
하느님이 허락하는 한 그 남자들 모두로부터 까마득히 먼
곳에 살 테니까.

비행기에서 내리며 마샤는 몸을 떨었다. 몇 년 만에 부모를
만나게 된다. 어떻게 말해야 할까? 어떻게 설명해야 할까?

마샤는
열여섯 살이고 잉글랜드 북서부에서 빽빽 울어대는 아기
삼손을 데리고 있다.
이게 웬 난리인가

싶은데 아기는 점점 커지기만 한다. 현실의 미니 인간. 여러 가지 두려움의 총합. 점점 더 자란다, 너무 빨라서 그녀가 감당할 수가 없다. 마샤는 하늘의 주님을 욕한다. 마샤의 부모가 개입한다. 특히나 꼬마 삼손이 마샤와 요동치는 그녀의 감정 기복에서 도망치기 위해 작은 세발자전거를 타고 곧장 할머니네 집까지 달려왔을 때는. 마샤의 부모는 그애를 아들처럼 키운다. 손자는 무슨 손자. 심지어 그애가 그들을 "엄마 아빠"라고 부르는데.

그래서 마샤의 호칭은

빈칸으로 남는다.

혼자서,

마샤는 간호사 수련을 한다.

그래서

순식간에, 수습 간호사 마샤는 스물여섯 살이 된다. 그녀가 사랑하는 남자는 검은 피부의 아름다운 학자로, 상당한 지위와 상당한 학벌과 나이지리아에 사는 아내와 가족이 있다. 기네스는 그가 마시는 술이다. 그는 펍에서 마지막으로 나가는 손님이 될 것이다. 가장 늦게 집으로 돌아가는 사람, 그리고 대체로 매일 밤,

그 저항할 수 없는, 젖은 눈길을 그녀에게로 돌리고, 까망빛난다. 그래서 아무리 애써도 그녀는 계속 화를 낼 수가 없다.
하지만 그 남자의 다른 집이 그를 부르니 학기가 끝나면 그들의 시간도 곧 끝날 것이다. 그도 알고 그녀도 안다, 그가 머무르지 않으리라는 걸, 하지만 그들은 어쨌든 아기를 갖는다.

Y R S A,
그녀는 말한다. 이르사. 난 그 이름의 소리가 좋아.

하나

Aa

읽어줘! 엄마는 말하곤 했다.

그리고 정말이지, 엄마와 나는 많이 읽었다. 우리는 목숨을 걸고 읽었다. 아주아주 처음부터.

등줄기에 무당벌레들과 바다오리들을 업은 뜨겁고 두터운 세상들. 물 많고, 산-시원한 온넓은세상들.

왜 아무도 조그만 빨간 암탉이 음식 만드는 걸 도와주지 않았어?

혹은

고양이는 왜 그렇게 못되게 굴었어?

그러면 엄마는 행실이 고약한 고양이 그림을 손으로 가리켰다. 화가 나서 찌푸린 고양이는

구석에, 팔짱을 끼고, 앉아 있다.

사랑이 필요해서 그래, 엄마는 말하곤 했다. 겁을 먹어서 그러는 것뿐이야.

누가 빗을 남한테 줘버리려고 하니까 사자는 왜
“내 눈에 흙이 들어가기 전엔 안 돼!”라고 소리쳤어? 왜
온 밀림이 깜짝 놀라 겁먹을 만큼
큰 소리로 울부짖은 거야?

물건 욕심이 있어서 그래, 엄마는 말했다,
사자는 외롭고 허영심이 강하거든.
엄마는 부드러웠다. 따끈한 우유 같은 보드라움
그리고 우리의 종이 세상들에 쓰인 모든 것에는
뜨겁고 작은 의미들이 있었다.

Bb

그녀는 나를 안아올려 주방 조리대에 앉힌다.

이 아이는 정말로, 정말로 천재야.

벌써 글을 읽어?

글쎄, 직접 들어봐.

아직 학교에 들어가려면 멀었는데?

그래, 아직 멀었지. 있잖아, 애들은 뭐든지 할 수 있어.

조기교육이 제일 중요해. 단어를 얼마나 쉽게 만드는지 와서 한번 보라니까.

그녀는 나를 보고 웃는다. 그 눈, 꿀 같다. 구릿빛나.

너는 내 초신성이야.
그녀가 말한다.
설레고, 눈부신 폭발이야.

마샤는 서른 살이고,
린퍼드를 사랑하지만
무언가에 대한 상실감이 있다. 친구(그 남자 이름은 소니)가 (또) 묵으러 오고 어린 딸이 문으로 다가오면 재빨리, 밖으로 데리고 나간다.
"다시 침대로 가렴." 마샤가 말한다. "아침에 보자, 아가. 사랑해."
그리고 마샤는 똑바로 눕는다. 한 손을 배에 대고, 이 캄캄한

새벽에 친구 소니가 핑계를 대며 시내로 사라질 시간이
몇시일까 생각하면서.
그녀의 몸속 어디선가, 리틀 루가 시작되고 있지만
아직 아는 사람은 하느님밖에 없다.

붉은 집

우리는 다른 집으로 이사했다. 린퍼드는 엄마의 남자친구고 우리는 지금 그의 집에 묵고 있다. 워링턴의 일층에 방 두 개, 이층에 방 두 개가 있는 집이다. 린퍼드의 집은 공사중이지만 거의 완성 단계다. 처음에는 바닥이 붉디붉은, 덜 지어진 붉은 벽돌집에 들어와 살게 되어 신이 났다. 거의-집. 거의 길모퉁이에 있는 집.

주방 바닥 타일은 다 긁힌데다 고르지 못해 거슬리고 어쩐지 거기 병균들이 살 것 같다는 생각이 든다.

요즘 내게는 아기 남동생이 있다. 소위 어른들이 말하는 "힘이 남아도는" 아이라서 사방을 펄쩍펄쩍 뛰며 돌아다닌다, 캥거루 스타일로. 나는 그애를 꼬마 캥거루, 리틀 루라고 부른다. 린퍼드는 출장 판매원이라서 때때로 이삼일 동안 집에 오지 않고 엄마는 여전히 병원에서 야간근무를 하므로 우리는 베브라는 이 아기돌보미를 쓴다. 아기돌보미 베브는 파마 바이올렛* 향을 풍기고 노란 곱슬머리에 손톱이 길고 주근깨가 아주 많고 밤늦게 통화도 아주 많이 한다. 침대에 누워 있으면 깔깔거리는 웃음소리가 바닥을 통해 들려온다.

우리 오빠 삼손은 군대에서 싸우느라 먼 곳에 있다. 내 손을 잡고 학교에 데려다주던 오빠가 그립다. 나는 남동생을 사랑하지만 그애는 너무 어려서 뭘 어떻게 해야 하는지 하나도 모르고 너무 운다.

삼손 오빠는 꼭 가야 한다고 말했다. 떠나게 되어 미안하다고. 하지만 저 인간 린퍼드를 참을 수가 없다고.

그래서 도망쳐야 한다고 했다. 엄마는 아침에 차를 마시면서 이런 얘기를 전부 아기돌보미 베브에게 털어놓고 베브는 혀를 쯧쯧 차고 담배를 빨면서 오빠가 "전형적인 십대"라고 한다.

"걔 몇 살이에요? 열일곱, 열여덟? 그 나이 때 애들은 다 썩었다니까"라고 베브가 말하면,

---

* 영국의 정제형 사탕 상품명.

엄마는, 아직 파랑색과 흰색 간호사 유니폼을 입은 채로, 찻잔을 내려다보며 나직이 이렇게 말한다.

"썩은 애는 아니고. 그냥 서로 생각이 달라서 그럴 뿐이야." 그러면 베브는 고개를 절레절레 저으며 말한다.

"군대는 영 아니죠, 그래도? 내 생각에 거긴 그냥 애들한테 폭력이나 가르치는 데 같아요. 오히려 애들을 더 망친다니까요."

그러면 엄마는 베브에게 25파운드를 주고 천천히 일어나서, 고개를 똑바로 들고,

말한다.

"그럼, 베벌리, 나 이제 잠자리에 들어야겠다. 고마워."

그러면 베벌리는 고개를 끄덕이고 코트를 입는다.

나는 일곱 살밖에 안 되는데 벌써 이상한 곳들이 커지고 있다. 내 작은 가슴이 부풀어 옷을 입어도 도드라지고 점점 자라 끝이 작고 뾰족해지자

……빨라도 너무 빨라, 엄마는 불안해하며 말한다. 엄마는 밤마다 지역 병원에서 일하고

조바심을 치고

내게 잠옷 위에 헐렁한 티셔츠를 걸치라고 말한다— 특히나 길고 반드르르한 파란색 원피스 잠옷, 목이 너무 깊이 파여서 옷핀을 세 개나 써야 하는 그 잠옷을 입을 때는.

기억해, 린퍼드는 네 아빠가 아니야, 엄마는 말한다. 이제 밤에는 엄마의 오렌지색 가운을 항상 입고 있어. 꽃무늬 있는 거. 유념해야 해.

유념이 뭐야?

그건, 네 머리를 쓰라는 뜻이야. 너는 이제 좀 다른 뭔가로 변하고 있거든. 어린 소녀들은 누구나 자라나서 변해

그리고……

봐,

이게 그거야.

사실이다. 나는 뭔가 새로운 존재가 된 기분이다. 불편한 무언가. 내 나이에 비해 큰 나를 의식하고, 내 몸 앞쪽에서

커지는 것들을 의식하고, 아빠라고 부르지만

아빠가 아닌 사람을 의식하고.

아빠라는 게 있는 줄도 몰랐다. 아니 필요한 줄도 몰랐다.

그럼 우리 아빠는 누구야? 어느 날 내가 묻는다.
나이지리아 사람이야. 나이지리아에서 왔어.
엄마는 그게 질문에 답이라도 되는 것처럼, 자랑스럽게 선언한다.
세상에서 제일 잘생기고 기가 막히게 멋진 사람이야. 엄마는 아직도 그 사람을 사랑해. 정말이야.
그리고 있잖아, 왕자님이야. 왕족이지. 그러니까, 너한테 왕가의 피가 흐르는 거야. 있잖아, 엄마랑 아빠는 편지로 연락해. 아빠가 어떻게 생겼는지 보고 싶니?

보고 싶어.

엄마는 침대 옆 서랍장 속 "세금"이라고 표시된 커다란 봉투에서 사진 한 장을 꺼낸다.

기가 막히게 멋진 나이지리아 사람은 둥글고 웃는 얼굴에 매끈한 검은 피부를 지녔다. (린퍼드와 우리 할머니, 할아버지보다 훨씬 검다.) 그는 네모난 모자와 가운

차림이다. 엄마는 그게 졸업식 의상이라고 말한다. 엄마가 아는 가장 똑똑한 사람이라고 말한다.

그 사람뿐이야, 엄마는 아득히 먼 데를 바라보며 말한다. 맙소사, 그런데 네가 그 사람을 꼭 닮았어, 그거 아니?

나는 모른다.

그는 어른이다. 그는 낯선 사람이다.

그는 모자를 쓰고 가운을 걸친 어떤 사람이다.

모순들과 정보

어떤 '사실'들은 거짓말이다. 그게 진실이다.

나는 아직도 린퍼드를 "아빠"라고 부르는데,

하지만 내 진짜 아빠는 나이지리아의 대학 강사고,
책을 아주 많이 읽는다. 엄마는 내가 아프리카 사람이라고
말하는데, 꽤 듣기 좋다. 하지만 할아버지는 아프리카
사람들은
우리를 노예로 팔아넘긴 사악한 이들이라고 한다.

삼촌 오빠는 가고 없다. 싸우러 간 거지만, 명분이 있다.
군인들은 가끔 죽는다지만
삼촌 오빠한테 그런 일은 없을 것이다. 우리가 자기 전에
기도를 하니까.

린퍼드 관련해서 문제가 있을 수도 있어, 엄마가 말한다.

문제가 뭐야?

문제는 어떤 일이야. 린퍼드가 착하지 않아서 그런 게

아니라

그냥 참을성이 없어서 그래. 그냥 워낙 화가 많아서 그래.

사자는 아주 외로워.

그리고 고양이는, 그냥 기분이 나빠.

린퍼드는 사랑이 필요하고 겁에 질려 있어, 그러니까 우리가 이해해줘야 해.

사랑은 끈이다. 엄마는 나와 리틀 루를 사랑한다. 마샤는 린퍼드를 사랑한다. 린퍼드가 누구를 사랑하는지 나는 모른다. 마샤는 사랑스러운 어린 딸이 있다고 말한다. 그 딸이 미소와 두 눈으로 남자들을 산산이 부숴버릴 거라고 한다. 마샤는 자기 자식이 아름다운 것이 되리라 생각한다. 꼭 그애 아빠처럼, 그녀가 말한다.

나는 그이를 사랑했어.

하지만 그이한테는 아내와

책임감이 있어.

엄마가 내 아프리카 이름을 말해준다.

단쿼에스,

엄마는 말한다

단퀴에스 미쿠크

단퀴에스의 뜻은,

"마침내! 끔찍한 일들이 끝이 난다."

파란색 원피스 잠옷이 너덜너덜 찢어지고 있다. 나는 시킨 대로 주황색 가운을 입지만 어느 날, 엄마는 나더러 집을 나가라고 한다. 엄마와 리틀 루는 린퍼드네 집에 살지만 나는 가야 한단다. 나는 "한동안 어디 다른 데" 가 있어야 한단다. 그편이 낫단다. 나는 멀리멀리 몇 킬로미터나 떨어진 할머니 할아버지네 집에서 살면서 쌀과 완두콩을 엄청 많이 먹고 일찍 잠자리에 들고 허구한 날 교회에 가야 하는데, 다른 사람들은 전부 그냥 워링턴에 살면서 KFC를 먹고 재밌게 지낼 것이다. 사 년만 그렇게 하면 돼, 엄마는 말한다. "큰 학교"에 갈 때까지. 그리고 사 년은 금세 지나가.

마샤는 말한다.

"엄마는 야간근무를 해야 하는데, 걱정까지 할 수는 없잖아."

엄마는 그냥 할머니네 집에서

사 년이라는 짧은 시간을 보내기만 하면 된다고 한다.

마샤가 말한다.

"정신 차려보면 벌써 끝나 있을 거야, 우리 딸."

뭔가 잘못되어가는 게 있다. 그게 뭔지 나는 모른다. 딱 한 가지, 마샤 말로는 내 원피스 잠옷이 잘못된 것이다. 진한 파란색 새틴. 기다란 잘못된 물건. 그리고 붉은 집은 위험하다

아니면

내가 위험하다

아니면 우리가 동시에 위험하다,

우리는 서로에게 위험하다.

집에 머무르기에 내 몸은 너무 크다.

몸은 함정,

몸은 실재하지 않는 유령의 집으로 떨어지는 함정문.

린퍼드는 거의-나쁜-것이지만

아예 나쁘지는 않은 것. 린퍼드는 반푼이이고 가끔 무섭고 가끔 재밌고 가끔 아이스크림가게에 우리를 데려가고 가끔 밥과 치킨/생선/죽은 동물의 산들과 그레이비소스와 스튜가 흐르는 해자와 강들—저녁으로 왕국을 하나 지을 수도 있었다—을 우리가 남김없이 먹지 못하면 고래고래 소리를 지른다. 가끔 그는 악을 쓴다, 너희 식구들 다 후려패버리겠어, 당장 저녁 먹어, 안 그러면 본때를 보여줄 테니! 그리고 그는 부엌에 우리를 두고 가버리고 끔찍한 빨간 바닥에는 긁힌 자국과 감자와 얌*의 전원지대가 펼쳐져 있다. 가끔 그는 우리에게 반짝이는 오십 펜스짜리 동전을 주고 가끔 우리에게 아이스크림에 부을 크림소다를 사주고 우리는 플로트**를 만든다.

가끔 그는 이렇게 하고,

가끔 그는 저렇게 한다.

* 열대 혹은 아열대 지방에서 자라는 뿌리채소.

** 아이스크림을 띄운 음료.

성도 회의 / 제7일 / 삶의 의미

할머니와 할아버지는 예수재림교*의 열성 신도다. 두 분은 예수님과 하느님을 사랑하는데, 예수님과 하느님은 사실 거의 한 사람이나 마찬가지고 모든 걸 꿰뚫어보고 힘이 세고 성령과 함께 삼위일체를 이룬다.

예수님과 하느님과 성령보다 중요한 건 아무것도 없다. 그 사실을 모르는 사람은 파멸할 것이다, 라고 성경 말씀에 쓰여 있다. 그 사실을 모르는 사람은 곧장 지옥으로 떨어지는데, 거기에는 통곡과 고통과 재난이 있다.

이 집에서 우리는 하느님과 예수님과 성령을 섬긴다. 우리는 조개를 먹지 않고 아무리 교활하게 위장해도 돼지는 먹지 않는다. (돼지는 불결한 고기다.) 우리는 코카콜라와 차와 커피를 마시지 않고 (카페인 때문이다. 카페인은 마약이니까) 누가 재채기를 해도 "신의 축복이 있기를bless you"이라고 말하지 않는다. 그건 신성모독이고 주님의

* 제칠일 안식일 예수재림교.

이름을 헛되이 쓰는 바로 그런 짓이니까.

몸에 걸칠 보석도 없다. 우리는 몸단장을 하지 않는다.

(오만.)

흑인이라면,

즉, '찰랑거리는 긴 머리'의 복을 받지 못했다면 가발을

쓰거나 파마를 할 수는 있다—꼭 필요한 일이므로

허락된다. (용인되는 오만.)

우리는 창세기에서 요한계시록까지 성경을 속속들이 외우고 토요일은 항상 해가 뜰 때부터 질 때까지 온종일 교회에 가서 보낸다. 토요일이 제7일이지만 기독교인이 아닌 게 분명한 이 나라 사람들은 거짓말을 하며 제7일이 일요일이라고 믿게 만들려 한다. 우리는 참된 안식일을 지키는 유일한 사람들이고, 일요일에 교회에 가는 다른 사람들은 모두 죄를 짓고 있으며 지옥에 갈 공산이 높다. (유대인도 토요일에 교회에 가지만 그들은 온갖 다른 방식으로 죄를 지은 죄인들이고 더군다나 예수님을 죽였다.)

할머니와 할아버지는 이 나라에 산 지 여러 해가 되었지만, 자메이카 관습과 이상과 억양을 지키고 있다. 두 분은 서로를 엄마, 아빠라고 부른다. 그들의 집은 잘 정돈되어 있고 장식용 덮개,

레이스 식탁보

레이스 커튼

비닐 코팅된 예수님 초상

대리석 무늬가 들어간 유리 반구

성경 말씀이 새겨진 명판들

장식용 접시

조화로 꾸며져 있고

드레스 차림에 찻잔을 들고 있는 아름답고 하얀 숙녀들의 도자기상들은

모두 유리 진열장에 전시되어 있다.

진열장 하나는 식당에 놓여 있고 더 작은 장은 '앞방'에 있는데, '앞방'은 출입금지 구역이다. 목사님이 앉으시거나, 방문판매 사원, 보험회사 직원을 맞는 곳이었으니까. 중요한 사람들을 위한 곳.

거기에는 책장과 값비싼 꽃무늬 소파, 삽화가 있는
어린이 성경, 축음기(몇 년째 한 번도 틀지 않았지만),
이모/외삼촌/사촌들의 어린 시절을 담은 액자 사진, '좋은 접시'와 '좋은 유리잔'(밝은 원색의 새와 꽃이 그려진 식기. 아껴뒀다가 성탄절이나 '교회 사람들'이 저녁식사를 하러 올 때 쓴다)이 있다.

뒷방이 우리 거실이고, 우리는 거기서 먹고 앉아 있고 텔레비전을 본다. 우리는 노란 그릇과 파랑과 흰색으로 버들무늬가 그려진 투박한 그릇에 밥을 먹는다. 우리 식탁 위 커다란 금색 시계 옆에는 그리스도와 '최후의 만찬' 성화가 큼지막하게 놓여 있다. 하느님이 언제나 지켜보고 계신다. 언제나.

하느님은 "모든 대화를 말없이 듣고 계시는 분"이라는 게 할머니 말씀이고,

그래서 우리는 안식일이 시작되는 금요일 저녁의 일몰 시각을 매주 정확히 알려주는 달력을 갖고 있고, 그래서 우리는 언제나 무릎을 꿇고 기도를 한다. '심판의 날'에 이교도와 불신하는 바보들과 여러 다른 악행을 저지른 자들과 함께 지옥불에 던져지고 싶지 않기 때문이다.

할머니는 '항상 단정한 차림'을 좋아한다. "아무렇게나 하고 길거리에 나가는 건 변명의 여지가 없는 짓이야"라든가 "근본 없는 애처럼 하고 다니지 마라"고 한다. (선하고 품격 있는 오만.)

할머니는 아름다운 원피스와 정장을 갖고 있는데, 대부분 반짝거린다. 에이번*에서 나온 향수를 뿌리고 교회용 모자와 핸드백에 어울리는 굽 높은 정장구두를 신는다. 할머니는

핸드백이 아주 많다. 할머니는 키가 작고 통통하며 언제나 집안을 완벽하게 청소해놓는다. 할머니는 모르는 사람이 없는 최고의 요리사다. 너나없이 할머니가 만든 쌀과 콩 요리, 치킨, 치즈 마카로니와 구운 감자를 얻으려고 터퍼웨어**를 들고 찾아온다. 할머니는 아름답게 층이 진 과일 케이크를 굽고 장식해서 가족과 교회의 결혼식과 세례식마다 가져가고, 아이싱 설탕으로 꽃도 만들 줄 안다. 할머니는 하루종일 엑스트라 스트롱 민트 사탕을 갖고 다닌다. 가끔은 로맨스 소설을 읽기도 한다. 내가 본 적이 있어서 안다. 할머니는 언제나 건강하다 건강한 음식을 먹고 다른 사람들이 제대로 된 식사를 할 때도 제일 작은 그릇에 음식을 아주 조금만 담아 드신다.

할머니는 침구를 정리할 때 '병원 침대처럼 모서리를 정리하는 법'을 내게 가르쳐주었지만, 나는 아무리 해도 서툴다. 할머니는 화를 낸다. 그러면서 내가 할머니의 인내심을 시험하고 있다고 한다. "아가, 아가. 이건 네 대가리에 꼭 박아넣어야 해. 쓸데없는 인간이 되지 않으려면 노력을 해라" 하고 말씀하신다.

---

* 미국 화장품회사.

** 식품용 밀폐용기 상품명.

할아버지는 항상 이루 말할 수 없이 까다롭다. 할아버지는 늘씬하고 기운차며 머리는 희끗하다. 새로운 단어를 배울 때마다 그 단어를 『옥스퍼드 영어사전』에서 찾아보고 메모장에 기록하고 문장 속에서 써보려 한다. 할아버지는 모든 글을 똑같은 크기의 대문자로 쓴다. 하루 세 번 밥을 먹고 나면 어김없이 설거지를 한다. 매일 아침 내게 당신이 자메이카에서 학교에 다닐 때 배운 영시를 외우라고 시킨다.

"위인이 도달하고 지키는 높은 경지는
급작스러운 비상으로 얻어진 게 아니며
동행이 잠자는 동안
한밤중에 위를 바라보고 노력한 대가다."

"남에게 의존하지 말라! 남자가 되어라!
발을 단단히 딛고 자기만의 확고한 자리를 지켜라!
할 수만 있다면 독립적으로 살고
확고한 심지를 지녀라."

"이 시들은 남자애들만을 위한 건가요, 할아버지?"

"아니다, 아가야. 그냥 남자가 먼저 창조됐기 때문이야."

"그래서 할아버지가 저를 가끔 '그'라고 부르시는 건가요?"

"그래, 아가야. 자메이카에 있는 우리 고향에서는 옛날에 그랬단다.

남자가 먼저 창조됐거든."

"하느님은 남자들을 더 중요하게 여기나요?"

"하느님은 생각하지 않는단다. 하느님은 오로지 알 뿐이야."

"그러니까 남자가 여자보다 나은가요?"

할아버지는 꼭 그런 식으로 말하고 싶지는 않다면서, 다만 여자는 남자의 갈비뼈로 만들었다고,

그러니까,

알잖니.

할아버지는 욕실을 좋아한다. 밤마다 저녁식사를 마치면 거기서 꼼꼼하게 세수를 하고 수염을 다듬느라 한 시간을 꼬박 보낸다. 할아버지의 황동 면도 기구는 반짝반짝 윤이 나고, 할아버지의 일과는 소중하다. 청결은 신성

다음이란다, 할아버지는 말한다. 나는 꼭 할아버지처럼 되고 싶다. 할아버지는 모든 물건의 자리를 정해놓고, 멋지고 반짝이는 케이스들을 많이 갖고 있다…… 장신구함은 없지만. 장신구함은 끔찍하고 장식적이다. 할아버지의 케이스들은 확실히 장식적이지 않다. 확실히 그냥 용기일 뿐이다.

할아버지는 이 세상 어떤 질문을 받아도 내놓을 수 있는, 성경 속의 답 몇 개를 상비하고 있다,

이를테면

"태양 아래 모든 것에는 때와 장소가 있단다."

"아이들아, 주님 안에서 부모님께 순종해라."

그리고

"이 사악한 세상의 법칙이 그런 거란다."

나는 학교나 교회 일이 아니면 감히 정원 문밖을 나설 수 없다. 친구네 집에서 자는 건 불필요한 일이고 영화관은 끔찍한 죄의 온상이니까.

"핼러윈은 '이교도의 허튼소리'에 불과해." 할아버지가 도저히 이해가 안 된다며 말한다. 그리고 양손을 치켜들면서 이 사악한 세상이 대체 어떻게 되려고 이러는지 모르겠다고 한다.

할아버지 근처에서 입도 뻥긋하지 말아야 할 다른 것들은 다음과 같다.

- 선사시대의 짐승이나 공룡들(성경에 나오지 않았으니 십중팔구 존재한 적이 없다).
- 장소 불문 욕설을 쓰는 사람.
- 베이컨.
- 하느님에 대한 게 아닌 영화들.

하느님, 예수님, 성령은 아니지만 선한 것들의 사례를 들자면 이렇다.

1, 엘렌 G. 화이트 (세계 종말에 대해 예언했으며, 영적 환상을 보았기 때문에 교회에서 가르쳐야 할 여자)

2, 성경에 나오는 사람들, 대부분

3, 넬슨 만델라

4, 마틴 루터 킹 주니어 박사

5, 테리 웨이트*라는 이 남자(베이루트에 너무 오래 인질로 잡혀 있어서 말하는 법도 잊어버린 사람이다)

6, 목사님(과 목사님 가족)

우리에게는 규칙이 아주, 아주 많다. 욕조를 정성껏 세심하게 닦고,

헹구는 것을 잊지 말 것. 행주는 시계 방향으로 짜고, 시계 반대 방향으로 짜고, 다시 시계 방향으로 짤 것.

일요일에 욕조에서 손빨래를 하는 할머니를 도울 것.

---

* 영국 성공회 사제. 레바논 내전 당시 인질 석방을 위한 특사로 파견되었다가 5년간 억류당했다.

피를 정화하기 위해 비터스*를 마실 것. 피를 정화하기 위해 부시차**를 마실 것. 피를 정화하기 위해 뜨거운 물을 마실 것. 영혼을 정화하기 위해 기도회에 참석할 것.

우리는 찬송가를 많이 부르는데 가사는 이렇다,

"나를 씻겨주소서, 내가 눈보다 희어지리니."

* 약재를 넣어 쓴맛이 나는 술. 서인도제도에서는 말라리아 예방제로 쓰인다.

** 아프리카 남부에서 루이보스차를 이르는 말.

8.0

길리브랜드카운티초등학교는 내 까만 얼굴만 빼면 백색 바다였다. 그래도 어쨌든 나는 친구들을 사귀었다. 대개는, 누군가 내게 욕을 하려 하면 적어도 그중 두세 명이 달려와 내 편을 들어주었다. "못되게 굴지 마!" 그애들은 호통을 쳤다. "흑인인 게 얘 잘못은 아니잖아! 내가 너 이를 거야."

하지만 집에서는 학교 아이들이 다 제멋대로고 말을 듣지 않으며, 어른을 공경할 줄 모르기 때문에 좋은 행실의 본보기도 없다고 생각했다. 그리고 그 이유라면서,

이런 얘기들이 오갔는데,

백인들은 애들을 업어 키우지 않고 앞에 안고 키우기 때문이라는 것이다

(애들은 어머니 등에 꼭 묶어서 존경심을 가르쳐야 한다는 걸 모르는 사람이 없는데).

할머니에 따르면, 많은 '백인'들이

컵과 접시를 제대로 씻지 않고 (비눗물이 잔뜩 묻은 채로 건조대에 올리고)

자식들한테 청소를 가르치지 않았다. 말대꾸하는 자식을 따끔히 혼내지도 않았다.

안식일을 지키지도 않았고 하느님께 공을 들이지도 않았고

찢어진 청바지를 입고 유행이라고 불렀고

셰프가 아니면 요리도 아주 잘하지 못했으며

펍에 출입했고(끔찍해)

식탁보도 깔지 않은 식탁에서 음식을 먹었다.

이건 물론 교회에서 만나는 자메이카 백인 부부나, 교회에서 만나는 스코틀랜드 출신 백인 부부나,

우리의 친절한 옆집 이웃이나,

의사 선생님이나, 보험회사 직원에게는 적용되지 않는 얘기였다.

어느 날, 리틀 루가 여름방학을 맞아 할머니네 집에 와 있을 때, 문에서 부드러운 노크 소리가 났다. 진지하고 초롱초롱한 눈망울의 모르몬교 청년들이 찾아온 것이다.

그들은 푹푹 찌는 7월의 무더위에 검은 양복을 걸치고 있느라 고역이었다. 한 청년은 금발이고 다른 청년은 혼혈이었으며 둘 다 미국 억양으로 말했다. 둘 다 어찌나 예쁜지 나는 그 둘이 텔레비전에 나와도 되겠다고 생각했다. 도저히 눈길을 뗄 수가 없었다. 우리는 거치적거리는 책들을 모두 치우고 복도에 성경 공부 모임 준비를 했다. 할머니는 청년들에게 줄 과일주스와 생강 비스킷을 내오라고 우리에게 시켰다. 할아버지는 성경에 관한 거라면 뭐든지 열렬히 토론할 태세였다. 금발 청년이 나를 보고 온화하게 웃으며 학교는 어떠냐고 물었다. 남편이 생긴다면, 나는 생각했다, 남편은 딱 이 두 사람 중 하나처럼 생기면 좋겠어. 어느 쪽이든 상관없어.

만사가 상당히 순조롭게, 심지어 정중하게 진행되는가 싶더니 제7일과 주일성수主日聖守를 두고 의견이 갈렸다.

할아버지는 대노했다.

"제7일은 여호와 하느님의 안식일이야! 자, 보라고! 명명백백하잖아! 안식일을 기억하여 거룩하게 지키라! 엿새 동안은 힘써 네 모든 일을 행할 것이나 일곱째 날은 네 여호와 하느님의 안식일인즉 아무 일도 하지 말라!*"

"데일리 씨, 저희는……"

"자네들은 내가 내 성경도 모르는 줄 아나?"

"아니, 전혀 그런 얘기가 아닙니다, 데일리 씨…… 저는—"

"감히 하느님의 종이 사는 집에 들어와서 성경을 모른다는 소리를 하다니!"

"아니요, 데일리 씨, 그건 절대 우리가……"

할머니는

거의 신경이 곤두설 지경이었다.

"아빠, 진정해요……"

"아니에요, 엄마. 이 사람들은 어디가 뒈지게 잘못됐어요."

리틀 루와 나는 서로를 바라보았다.

이건 나빴다.

정말 나빴다. (두 청년 다 붉게 상기되어 어쩔 줄 몰라했다.) 할아버지는

우리를

* 출애굽기 20장 8절~10절.

호통치듯이 그들을 야단치고 있었다.

"서로 의견이 다른 것으로 하고 넘어가시죠." 갈색 머리 청년이 말했고, 두 사람은 허둥지둥 일어나 현관문 쪽으로 가려 했다. 그러나 우리집처럼 주님을 경외하는 집안에서 타협이란 있을 수 없었다. 그들은 쫓겨났다,

카펫에 비스킷 부스러기가 미처 내려앉기도 전에.

주말에 리틀 루를 데리러 온 엄마는 한숨을 쉬며 어린이집을 바꾸는 게 나을지 모르겠다고 말했다. 한동안 할머니네 집에서 지내게 해야겠다고,

엄마는 너무 일이 바쁘거니와

스트레스라는 것 때문에도 힘들다면서.

진실

린퍼드 제임스,

일명 아빠를 위해

리틀 루와 내가 지은 비밀 노래.

"아빠는 나쁘고 우리는 화났어

아빠가 슬프면 우리는 기뻐

우리가 기쁘면 아빠는 화나

우리가 슬프면 아빠는 기뻐."

어느 날 저녁 엄마는 우리에게 새로운 진실을 폭로했다. 우리는 엄마의 낡은 흰색 시에라 뒷좌석에 앉아서, 엄마가 딴 상금을 받으려고 빙고 게임장 오픈 시각을 기다리고 있었다. 처음이자 마지막으로 지급 창구에서 157파운드를 받아 온 엄마는 한숨을 쉬고서 한 손으로는 핸드 브레이크를 잡고 다른 손으로는 곱슬머리를 쓸며 머뭇거렸다.

"너 소니 아니?" 엄마는 거울에 비친 나를 흘끗 바라보며 말했다.

나는 고개를 끄덕였다.

엄마는 리틀 루 쪽으로 고개를 홱 젖혔다.

"그 사람이 쟤네 아빠야."

엄마는 딸기맛 껌을 씹다가 허공을 바라보며 풍선을 불더니 빵 터뜨렸다. 차 안에 껌냄새가 가득찼다.

몇 년 전, 소니는 종종 우리집 근처에서 어슬렁거리다가 어디론가 사라지곤 했다. 그는 캐리비언 클럽의 디제이 중 하나였고, 수염이 덥수룩하고 추레한 '아저씨'였다. 그는 걸걸한 목소리로 욕을 입에 달고 살았다. 그 무렵 엄마가 병원에서 야간근무를 한 어느 날, 그가 자기 직장에 나를 데리고 가서 댄스플로어에서 놀게 해준 적이 있다.

"저 애기는 여기 들어오기엔 너무 어리잖아." 어떤 여자가 흠칫 놀랐다. "당신 부끄러운 줄도 몰라? 저런 아가는 지금 집에서 자고 있어야지."

"꺼져." 디제이 부스 옆에 서 있던 소니가 병째로 럼을

들이켜며 말했다. "남자라도 꿰차고 망할 댁 앞가림이나 하라고."

다시 자동차로 돌아와서, 리틀 루는 잠시 걱정스러운 표정을 지었다.

"나는 소니 몰라."

"괜찮아," 엄마가 말했다. "아무도 몰라."

동생은 그 말에 만족하는 눈치였다. 나는 뭐라고 말하려 했지만 엄마가 차의 시동을 걸며 제발 조용히 하라고 했다. 엄마는 마빈 게이의 〈머시 머시 미〉를 따라 불렀다. 하지만 지독한 음치였다. 구제불능이었다. 우리는 자기 머릿속 생각도 잘 들을 수 없었고, 엄마가 우리를 다시 할머니네 집에 내려주었을 때는 소니에 대해 까맣게 잊어버린 상태였다.

그러니까 우리가 다음번에 린퍼드 제임스를 다시 만나서 '새로운 진실'을 말해주기 전까지는. 우리는 어느 토요일 저녁, 정말 우연히, 린퍼드와 마주쳤다. 우리는 할머니가 가게에서 얌, 요리용 바나나, 덜 익은 바나나, 머리 푸는 약을 사서 나오기를 기다리며 도로 연석에서 놀고 있었다.

우리가 사는 곳에서는 흑인 음식이나 헤어 제품을 팔지 않았기 때문에, 할머니는 옆 동네 교회에서 토요일 예배를 보고 나서 물건을 잔뜩 사 와야 했다. 도로를 건너 공원으로 가는데, 린퍼드가 우리 숙모네 집 모퉁이를 돌아 어슬렁거리며 우리 쪽으로 걸어왔다. 보통 때보다 말라 보였다.

"안녕하세요." 어른에게 예의를 차리는 훈련을 잘 받은 우리는 합창하듯 인사했다.

"너희 교회 갔다 오냐?"

"넵." 리틀 루가 막대사탕을 빨며 말했다.

"나한테 넵넵거리지 마라, 꼬마야. 할머니 댁에서 지내는 건 어때, 어? 네 녀석들 착하게 굴고 있지, 그렇지?"

리틀 루는 잠시 조용하더니 울타리 옆의 흙을 차다가 신발 끄트머리로 흙을 끌어 작은 더미를 만들었다.

"그런 짓 하지 마." 린퍼드가 말했다. "그 작은 구두가 얼마나 비싼 건데, 자식아."

"네에에."

"네에에, 뭐? 버릇없이 굴지 말고. 오늘 이런 대로에서 내 참을성을 시험하지 말라고."

내 동생은 입에 물고 있던 막대사탕을 쑥 뺐다. 혀

한가운데가 환한 초록빛이었다.

"우리 아빠도 아니면서." 그애가 말했다.

린퍼드의 얼굴이 움직일 듯 말 듯, 반쯤 꿈틀거렸다.

"누가 그런 얘길 했냐?"

"엄마가," 리틀 루가 말했다. "내 진짜 아빠는 소니래요. 소니는 파티에서 레코드를 틀어요."

"정말이에요." 내가 덧붙였다. "정말이에요. 엄마가 그랬어요."

린퍼드는 우리를 무섭게 노려보았다. 머리를 굴려대며,
한참 가만히 서 있다가,
고개를 끄덕이고
우리 둘에게 잘 있으라고 했다. 그의 목소리는 젖어 있었다.
왠지, 우리가 잘못한 기분이 들었다.

우리는 린퍼드가 먼지처럼 둥둥 떠서 길을 따라 점점 멀어지는 것을 지켜보았다.

이건 아닌데.

할머니 집에 돌아와서 나는 곧장 분홍, 초록, 파랑 펜으로 기가 막히게 멋진 나이지리아 사람에게 편지를 쓰기 시작했다. 우린 아직 서로를 모르지만, 엄마에 따르면 곧 사정이 달라질 거라고 썼다. 따르면은 할아버지가 요즘 즐겨 쓰는 새로운 표현 중 하나다. 나는 또다른 새 단어인 보아하니도 썼다.

보아하니 아프리카에는 그와 함께 나를 기다리고 있는 형제자매가 있고 보아하니 그중 하나는 나와 동갑이며, 내가 들은 바에 따르면 몇 년 후 적절한(엄마의 단어다) 때가 되면 엄마와 내가 함께 여행을 떠날 테고, 곧 우리 모두 함께 살게 될 거라고 말했다. 동화 읽기 자격증을 따서 학교 조회시간에 내 이름이 불린 이야기를 적고, 심지어 갈색 사람들을 좋아하지 않는 아이들도 내게 박수를 쳐주었다는 이야기도 적었다. 나는 내 아버지에게, 그 모든 사정을 고려하고도, 엄마와 다시 합치고 싶은지 묻고 싶었지만 그러지 않기로 결심했다. 당돌한 짓을 해서 말썽을 일으키고 싶지는 않았다. 내 아버지는 나를 만날 것이고 어떻게 해야 할지 알 것이다. 나는 믿음을 가져야 했다.

리틀 루는 자기 진짜 아버지인 소니가 무슨 다른 세계에서 온 거친 사냥꾼이라고 생각했다. 소니는 절대 우리를 찾아온 적이 없었으므로 나는 내 아버지를 리틀 루와 나누겠다고 마음속으로 다짐했다. 어쩌면 삼손 오빠도 아버지가 필요할지도 모른다.

새로운 진실을 알아버린 린퍼드는 떠나버렸고, 엄마의 옷장 한구석에 걸린 주름진 셔츠 한 장과 계단 밑 수납장 안의 연장 상자와 구두들만 덩그러니 남았다. 엄마는 이런 일로 우는 타입이 아니었다. 감기가 걸렸다고,
그래서 눈가가 촉촉이 젖은 거라고 말했다.

8.8

"누나 생각은 어때."

내 동생이 묻는다.

작은 허리에 손을 척 얹고서.

"엄마가 우리를 충분히 사랑하지 않아서, 그래서 우리가 할머니 할아버지랑 살아야 하는 거라고 생각해?"

우리는 '세계 재림 선교' 행사를 위해 집집마다 찾아가서 문을 두드리고 이웃 가족들에게 깡마른 아프리카 아이들이 웃고 있는 사진을 팔고 있다. (할머니, 할아버지와 교회가 우리를 내세웠다.) 우리는 머리부터 발끝까지 청남방과 청바지 세트로 맞춰 입었다.

나는 고개를 끄덕인다. "엄마는 우리를 조금 사랑하지만 다른 애들 엄마만큼 많이 사랑하지는 않는다고 생각해."

"우리가 흑인이라서 그런 거야? 할아버지가 그러는데, 세상은 흑인들을 싫어한대."

"아니야. 왜냐면 교회 사람들은 갈색인데도 다 엄마가 있잖아. 그리고 엄마도 갈색인걸!"

"할아버지는 우리가 검대. 갈색이 아니라."

"숯이 검은 거야. 밤과 사악한 것들이 검은 거야. 갈색이 훨씬 더 좋게 들리잖아, 리틀 루. 갈색이라고 해."

푹 꺼진 눈에 빡빡 머리의 십대 아이가 문을 열어보더니, 집안 사람들한테 문간에 잡종 두 마리가 왔다고 소리를 질러대며 층계를 쿵쾅거리며 올라간다. 정신을 차리자 어느새 그 집 부모가 우리를 빤히 내려다보고 있다. 어리고 상냥한 목소리로, 내 동생이 완벽하게 연습한 대사를 읊기 시작한다.

"재림교 기금을 모으고 있어요. 엽서나 냉장고 자석 하나 사시겠어요?"

그들은 표정을 조금 누그러뜨리며 싫다고 고개를 젓지만, 어쨌든 우리에게 50펜스씩 쥐여준다. 부인은 가느다란 목에 걸린 금색 십자가 펜던트를 꼭 붙잡고 있다. 그들은 팸플릿에 나오는 애들이 우리가 아는 애들이냐고 묻고 우리는 거짓말로 그렇다고, 다 우리 사촌이라고 한다.

그들은 우리더러 아프리카 어디서 왔느냐고 묻지만, 리틀 루는 알지 못하고 나는 추측으로 '나이지리아'라고 말하지만 제대로 말했는지 자신이 없다. 우리는 사진 속 아이들과 전혀 닮지 않았지만, 부부가 알아챈 것 같지는 않다.

부부는 우리 영어가 훌륭하다면서 제3세계와 그곳의 온갖 문제들은 아주 유감이라고 한다. "너희 지도자들이 부패해서 그렇단다." 남자가 말한다. "제대로 통치할 생각이 없어. 돈과 권력을 독차지할 생각만 하고 너희 같은 국민 생각은 눈곱만큼도 안 하지. 안타까운 일이야."

우리는 동전을 주셔서 감사하다고 말하고 부부가 문을 쾅 닫아버리자 나는 검고 붉은 감정들을 느끼는데, 왜 그런지는 알지 못한다.

나는 빙글 돌아 리틀 루를 보고 엄마는 지옥행이 확정이라고, 곧장 지옥으로 떨어질 거라고 말한다. 왜냐면 엄마는 결혼하지 않고 아이들을 낳은 이세벨*이고 우리 둘 다 아버지를 모르고 빙고 게임장에 가서 국영 복권을 사는 엄마는 도박꾼이고 그건 어마어마한 대죄니까. 나는 요즘 엄마한테 아주 많이 화가 나 있다. 우리는 엄마를 너무나 많이 사랑하는데 절대 얼굴을 볼 수가 없기 때문이다. 약속한 사 년의 절반이 다 되어가는데, 벌써,

* 구약성서에 등장하는 이스라엘 왕 아합의 아내. '음탕한 악녀'로 일컬어지며, 흑인 여성을 비하하는 표현으로도 쓰인다.

그러니까, 마치 영원 같았는데. 일요일이면 리틀 루와 나는 창밖을 내다보며, 지나가는 하얀 차를 빠짐없이 헤아리며, 내내 엄마가 와서 우리를 다시 집으로 데려가서 같이 살았으면 좋겠다고 바란다.

이날 저녁 우리는 우리 동네 사람들에게서 12파운드를 번다. 이제까지 최고의 날이다.

심지어 더 좋은 건…… 집에 가보니 엄마가 와 있다!

내 뱃속에는 단단한 매듭들이 있다. 몸속에 바람이 일어 매듭의 휘어지고 꼬인 부분들을 스치며 휘파람을 분다. 나는 성숙해 보이고 싶고 여기 이렇게 서 있는 엄마를 보고 들뜨지 않은 척하고 싶은데, 그게 어렵다. 엄마는 언제나 꿈처럼 느껴져서 어렵다.

나는 숨을 들이쉰다. 크게 내뱉는다. 공기가 새나가지 않도록 엉덩이를 조인다.

엄마가 본다,

아,

슈퍼스타처럼 찬란하다. 엄마의 머리카락은 어깨를 지나며 반드르르 빛나고,

엄마에게서는 딸기 냄새가 난다. 엄마는 삼색 아이스크림 한 통을 가져와 나눠 먹으라며 우리한테 준다. 노란 그릇 두 개에 스쿱으로 떠준다. 마샤의 손톱은 반짝이는 빨강이다.

할머니가 이상한 표정을 하고 어슬렁거리며 말한다.

"아이스크림은 나중에 먹자. 마샤. 애들한테 그거 설명부터 해줘라, 그래."

엄마는 나를 위층 내 방으로 데려간다. 리틀 루는 할머니를 따라가서 목욕을 해야 한다. 저녁 시간이 다 되었으니까. "잡종이 뭐야?" 함께 목욕탕으로 사라지며 리틀 루가 할머니에게 묻는다.

엄마가 말한다,

침대에 올라가렴, 우리 딸. 나한테 할말이 있다고 한다.

중요한 일이야.

나는 생각한다,

엄마에 대해서 그런 생각도 그런 말도 하지 말았어야 했어.

다시 돌아가서 엄마하고 같이 살게 되는 게 틀림없어.

어쩌면 엄마는 우리를 아주아주 많이 사랑하는데 단지 우리가 그걸 몰랐는지도 몰라.

내 위장은 이제 정신없이 요동친다.

내 안의 바람이 한숨을 쉬고 골반 언저리에서 으르렁거리며 탈출하고 싶어 안달이 났다. 내 뱃속에 나방들이 있다. 어여쁜 분홍 나방들이, 점점 거무스름해진다. 엄마는 언제 떠날까? 금세 떠날까? 아니었으면 좋겠다. 마샤는 나에게 잘 들으렴 하고는 내가 높은 침대에 제대로 기어오르기도 전에 그 말을 투하한다.

"네 아빠가 죽었어." 엄마가 말한다.

"린퍼드 말고. 진짜 아빠.

간부전이래. 죽도록 술을 마신 거야."

엄마는 내 그릇에서 아이스크림 한 숟가락을 떠먹는다.

"그 사람이 어린 딸을 만나게 되기를 내가 얼마나 바랐는데. 그이는 너를 사랑했을 거야."

엄마가 그 아름다운 치아로 아이스크림 스쿱을 깨문다.

내가 생각할 수 있는 거라곤,

아름다움은 모든 걸 견딜 만하게 해준다는 것.

“애초에 없던 걸 아쉬워할 수는 없지.”

할아버지는 수프를 앞에 놓고 말한다.

나는 나이지리아에 보내려고 썼던 편지를 치워버린다.

기가 막히게 멋진 나이지리아 사람은 죽었다. 기가 막히게 멋진 나이지리아 사람은 죽었다. 기가 막히게 멋진 나이지리아 사람은 죽었다. 기가 막히게 멋진 나이지리아 사람은 죽었다. 기가 막히게 멋진 나이지리아 사람은 죽었다. 기가 막히게 멋진 나이지리아 사람은 죽었다. 기가 막히게 멋진 나이지리아 사람은 죽었다. 기가 막히게 멋진 나이지리아 사람은 죽었다. 기가 막히게 멋진 나이지리아 사람은 죽었다. 기가 막히게 멋진 나이지리아 사람은 죽었다. 기가 막히게 멋진 나이지리아 사람은 죽었다. 기가 막히게 멋진 나이지리아 사람은 죽었다. 기가 막히게 멋진 나이지리아 사람은 죽었다. 기가 막히게 멋진 나이지리아 사람은 죽었다. 기가 막히게 멋진 나이지리아 사람은

죽었다. 기가 막히게 멋진 나이지리아 사람은 죽었다. 기가 막히게 멋진 나이지리아 사람은 죽었다. 기가 막히게 멋진 나이지리아 사람은 죽었다. 기가 막히게 멋진 나이지리아 사람은 죽었다. 기가 막히게 멋진 나이지리아 사람은 죽었다. 기가 막히게 멋진 나이지리아 사람은 죽었다. 기가 막히게 멋진 나이지리아 사람은 죽었다. 기가 막히게 멋진 나이지리아 사람은 죽었다. 기가 막히게 멋진 나이지리아 사람은 죽었다. 기가 막히게 멋진 나이지리아 사람은 죽었다. 기가 막히게 멋진 나이지리아 사람은

지독한 악몽

뭔가 이상한 일이 내게 일어난다. 모든 게 잘못되어 있다. 깨어나보니 전등 스위치가 작동하지 않는다. 그래서 나는 '뭔가 나쁜 것'이 여기 있다는 걸 알게 된다. 시커먼 방안에는 무시무시한 정적이 깔려 있다. 커튼 색깔이 달라졌다. 커튼 안에서 밖으로 뭐랄까 새빨간 불빛이 비치고 있다. 그래서 나는 '보통 때와 달리 뭔가 잘못되었다는 걸' 알게 된다.

나는 내 작고 저릿저릿한 몸을 내려다본다. 모든 게 잘못된 느낌이다. 어쩐 일인지 나는 이미 학교 갈 차림을 하고 있는데, 아홉시가 다 되었으니 지각을 할지도 모르겠다. 하지만 바깥은 어두운데, 나는 생각한다. 내 교복은 빨갛다, 더할 나위 없이 새빨갛다, 녹아내린다, 어쩐 일인지 내 발 아래 마루로 스며든다, 그리고 그다음 순간 우리는 묘지에 서 있다. 학교 선생님들이 거기 서서, 마샤는 선하디 선한 여인이었다면서 운다. 너를 위해서 정말 열심히 일했단다, 선생님들이 말한다. 야간근무를 그렇게 많이 하고, 선생님들이 고개를 저으면서 말한다. 정말 너무 열심히 일했어. 그런데 너는 고작 할 줄 아는 게 배은망덕뿐이구나. 잿빛, 잿빛의 날이다. 엄마는 가고 없다. 삼촌 오빠는 내 어깨를 잡고, 군대로 돌아가야 한다고 말한다.

저 멀리서, 린퍼드가 바라본다.

우리는 엄마의 묘지 앞에 서 있다.

나는 잠에서 깬다, 눈꺼풀이 무겁고,

목구멍이 쓰리다. 온몸이 욱신거린다. 할머니가 내 체온을 재고,

헉, 숨을 삼킨다

나는 학교에 가지 않아도 된다.

엄마가 우리를 ASAP—최대한 빨리라는 뜻—집으로 데려가게 하기 위한 리틀 루와 이르사의 계획

1. 모든 사람들을 우리처럼 가난하게 만든다. 친구며 사촌들 집의 야간 조명등을 전부 다 켜서 전기세가 엄청 많이 나오게 하면 그 사람들도 우리처럼 가난해지겠지, 걔들은 엄마가 있는데 우리는 없는 건 불공평하니까. 2. 돈을 구한다. 이모네 집 복도에 걸린 유리 샹들리에를 훔친다. 처음에는 아주아주 작아서 이모가 눈치채지 못할, 맨 밑에 달린 크리스털을 몽땅 훔친다. 그리고 사탕을 사면 나오는 투명한 플라스틱을 그 자리에 끼운다. 시장에 크리스털을 팔아서 엄마가 밤에 일하지 않아도 되게 한다. 3. 병에 걸린다. 그래서 엄마가 우리를 데리고 병원에 가게 한다.

8.9

삼촌 오빠가 군대에서 휴가를 얻어 잠시 집에 와 있어서 모두가 안절부절못하고 들떠 있다. 내가 오빠를 본 지는 까마득히 오래되었는데, 오빠는 그동안 보스니아와 독일과 이라크에서 싸웠다. 마지막으로 오빠를 봤을 때 나는 거의 일곱 살이었고 오빠는 여왕의 랭커셔 연대에서 복무한 것으로 포상을 받기로 되어 있었는데 우리가 식장에 너무 늦게 도착했다. 그게 다 린피드의 고철덩어리 차가 고속도로에서 세 번이나 고장나버린 탓이다. 완전 망신이었다.

나는 삼촌 오빠를 감동시키려 곰 인형들을 찬장에 감추고 침실을 두 번이나 정리했다. 할머니는 '특별한 날'이니까 플라스틱 말고 하얀 레이스로 된 테이블 매트를 써도 좋다고 했다. 나는 보통 때는 교회 친목회를 위해 아껴두는 제일 좋은 크림색 새틴 치마를 입고 있다. 호사스럽고 근사한 기분이다. 머리만 좀 예쁘면 갈색 공주라고 해도 좋겠다.

삼촌 오빠가 활짝 웃으며 다가오더니 콜라 캔을 따서

루와 나눠 먹으라고 준다. 삼손 오빠는 이제 스물한 살이고 우리가 촐리 시장에 가거나 슈퍼마켓에서 장을 볼 때면 여자애들은 오빠를 두고 뭐라고 속삭이며 키득거린다. 여자들은 "맙소사 정말 잘생겼다, 진짜 멋져"라든가 "완전 잘빠진 흑인 남자다"라고 말하는데 나는 전부 다 짜증이 난다. 어휴! 너희를 다 합쳐도 우리 오빠한테는 너무 아깝단 말이야! 오빠는 파인애플을 정말 좋아해서 할머니는 저크 치킨*에도 파인애플 조각을 넣고 홈메이드 파인애플 레이어드 트리플**도 구웠다.

나는 학교에서 오빠를 위한 시를 썼다.

이 시를 시작하기 전에
소개하고 싶어요
파인애플주스를 좋아하는
내 사랑하는 오빠 삼손

---

* 향신료를 넣고 재워 그릴에 굽는 자메이카의 대표적인 닭 요리.

** 와인으로 적신 스펀지케이크에 거품 낸 크림을 얹은 영국 디저트.

오빠는 오 년 전 군대에 갔고
아주 크고 힘이 세요
오빠가 겁쟁이라고 생각한다면
확실히 틀린 거예요

나는 오빠가 많이 좋아요
오빠는 아주 친절하고 착해요
온갖 종류의 음식을 좋아하고
특히 밥을 좋아해요

하지만 모든 시가 그렇듯이
이 시도 이제 끝나야 해요
내가 오빠를 필요로 할 때 (언제나 그렇죠)
오빠는 단순한 친구 이상이랍니다.

삼손 오빠는 그 시를 읽고 잠시 고개를 숙인다. 그러더니 코를 훌쩍이고 이 시를 자기가 간직해도 되느냐고 묻는다.

넌 우리집의 두뇌야, 정말이야, 오빠는 말하며 시를

접어서

자기 셔츠 주머니에 넣고

나는 자랑스러워서 죽어죽어죽어버릴지도 모른다고 생각한다.

그리고 오빠는 루를 보며 너 "이 짜식" 하고 말한다. 네 녀석은 완전히 재능으로 똘똘 뭉쳤어.

나도 완전히 재능으로 똘똘 뭉치고 싶다.

나는 시 쓰는 머리도 없고 똘똘 뭉친 재능도 없어, 삼손 오빠는 말한다. 그냥 근육과 결단력뿐이지. 그리고 분노. 그리고 사람들을 죽도록 팰 수는 있어,

하하하하하.

나는 그게 사실이 아니란 걸 안다. 할머니는 옛날에 오빠가 학교에서 쓰던 연습장을 보관하고 있고 가끔 나는 오빠가 옛날에 쓴 용, 괴물, 멋지게 검을 휘두르는 영웅들의 이야기를 읽는다.

하지만 대체로, 삼손 오빠는 조용하다. 엄마는 오빠를 뚫어져라 바라보며 오빠가 뭐라고 한 마디만 해도 연신 환하게 웃지만, 오빠는 엄마를 별로 보지 않는다. 엄마는

이번주에 미쳐버려서 우리와 아주 많이 같이 있고 아무나 껴안는다. 나는 정말 좋지만, 삼촌 오빠는 아무래도 포옹을 좋아하는 타입은 아닌 것 같다.

우리는 모두 엄마네 집에 가서 주말을 보내고 삼촌 오빠가 기다란 한쪽 팔을 내 몸에 걸치고 잠이 들자 나는 행복하다못해 숨도 잘 쉬어지지 않는다. 나는 어둠 속에서 오빠의 긴 속눈썹을 하염없이 쳐다본다.

토요일 오후에, 오빠는 이 여자, 이네사를 엄마 집에 데려온다. 두 사람은 엄마 차 안에서 끝도 없이 키스를 하고 (리틀 루와 나는 엿보지 않을 수가 없었다) 옆방에서 같이 잠을 자고 벽 너머 침대는 시끄러운 소리를 내고 그 두 사람도 시끄러운 소리를 낸다. 그래서 나는 기분이 이상해진다. 나는 그 여자를 좋아하는 것 같지 않다. 아무튼, 그 여자는 우리한테 별로 말이 없다. 일요일 아침에 그 여자가 가고 다시 오빠가 우리 차지가 되자 나는 너무 행복해진다.

일요일 저녁, 우리는 다 함께 할머니네 집 저녁 식탁에 앉아 있다. 우리는 방금 식사 기도를 마쳤고 삼촌 오빠의 머리가 휙 치켜올라온다. 오빠는 우리 엄마를 빤히 바라본다. 깨끗한 나이프와 포크를 자기 앞의 테이블 매트에 내려놓는다.

어이, 엄마. 다섯 살 때 나한테 의자를 던진 거 기억해요? 기억하는지 궁금해요, 엄마. 나는 한 번도 잊은 적이 없는데.

식탁에 침묵이 깔리고, 모두가 식사를 마치자 루와 나는 위층에 가서 할일을 좀 찾아보라는 지시를 받는다. 우리한테도 아래에서 올라오는 목소리가 들리지만, 알아들을 수 있는 단어는 "예의가 없다" "군인의 행실"과 "어른을 공경해야지"뿐이다. 우리는 삼손 오빠가 무슨 말을 하는지 들으려고 애쓰지만, 아무것도 들을 수 없다.

삼손 오빠가 떠나 군대로 돌아가자 모든 것이 또다시 죽어버린다. 나는 일주일 동안 아무한테도 말을 하지 않는다, 심지어 학교에서도,

그리고 먹고 싶은 마음도 없다. 콘플레이크와 수프에 토하고 사흘 뒤, 나는 의사한테 가야 한다.

의사는 내가

스트레스를 받았다고 한다.

할머니는 말한다

어리석은 짓거리는 집어치워라. 네 오빠는 금세 다시

돌아올 거야. 그런 일로 몸이 아프고 하면 쓰겠니. 학교 공부에나 집중해, 알겠지?

나는 어떻게 해야 그럴 수 있는지 모르겠다. 내 배를 쓰라리게 태우는 무언가는 꿈쩍도 하지 않을 것 같다.

9.1

남학생 둘이 우리 학교에 전학왔다. 방글라데시에서 온 아텐두와 사지브!

둘은 사촌이고 그들의 피부색은 나와 거의 똑같다. 완전히 멋지다. 어쩌면, 친구가 되지 않을까?

하지만 그들은 말이 없고 아직 영국에 대해 배우고 있어서 아무와도 친구가 되지 않는다. 선생님들은 우리가 그애들이 편안해질 시간을 줘야 한단다. 그애 엄마들이 가끔 학교에 같이 와서 학교 급식과 미술 수업을 도와준다.

사지브와 이르사는 결혼해야 해, 친구들이 노래한다.

사지브와 이르사는 결혼해야 해.

친애하는 사지브,

고향에 있을 때 여자친구를
사귀었어? 나는 네가 아름답다고 생각해
우리는 함께 갈색인 것들이 될 수 있을 것 같아.
친구들은 내가 너를 좋아해야 한대. 그리고 난 네가 좋아.
그니까 아주 많이!
어떻게 될지 한번 보자!

세상 최악의 일이었다. 이 사람들은 나를 궁지로 몰았다. 용기가 없어 차마 보내지 못하고 구겨서 내다버리려고 했던 내 편지를 할머니, 할아버지가 식당 식탁 위에 쾅, 하고 내려쳤다.

"너 그 남자애 사랑하냐, 그래?" 할아버지가 호통을 치고 있었다.

"내 말 들어라, 잘 들어. 절대 안 된다. 이번 생에는 안 돼. 남자애한테 그렇게 들이대서야.

다시는 이런 쪽지 쓰지 마라…… 아무한테도 안 돼!

할아버지 말 듣고 있냐?"

할머니는 조금 더 부드럽지만, 아주 조금일 뿐이다.

"남자애가 너를 보고 마음에 들면 얘기를 할 거야. 절대 안 돼. 이번 생에선 안 된다. 남자들한테 접근하다니.

점잖지도 못하고, 선한 일도 아니야,

그리고 고맙다는 소리도 못 듣는다.

남자는 자기가 마음에 드는 걸 보면 달라고 해. 원래 그런 거다."

다음주, 체육 선생님이 나와 농담을 하고 있는데

할아버지가 나를

데리러 왔다.

"올해가 윤년이잖아!" 선생님이 교사다운 미소를 만면에 지으며 말했다. "여학생들이 남학생한테 데이트 신청하는 때 아니야? 어?"*

티럴 선생님은 유쾌한 영국인이고

우리집 거실에서 한바탕 눈 폭풍이 일고 일주일이 지난

---

* 영국에서는 윤년 2월 29일에 여자가 남자에게 먼저 데이트 신청을 하는 풍습이 있다.

지금이 끔찍한 타이밍이라는 걸 알 리가 없다.

나는 아무 말도 하지 않았다. 할아버지는 더 말이 없었다.

9.5

불공평하다. 언제나 엄마는 돈이 없어서 아무것도 못 사준다고 말한다. 책만 빼고. 학교나 교육과 관련된 것도 빼고. 엄마는 언제나 말한다. "전부 나 혼자 하고 있잖니. 좀 이해해주렴. 할머니한테 생활비를 드려야 한단 말이야. 그러니까 예의바르게 굴어."

우리가 요즘 병원에 가는 날이 많아져서 마샤는 또 스트레스를 받고 있다. 뼈가 근육에 비해 너무 빨리 자라고 있다는 엑스레이 결과가 나와서 나는 못생긴 무릎 지지대를 하고 다녀야 한다. 언덕을 올라 학교에 갔다가 집에 온 후로 무릎과 정강이가 아팠다. 무릎이 아픈데도 나는 몇 주째 중학교 운동회 날을 기다리며 들떠 있었다. 그러나 운동회 당일에 비가 내렸고, 그 말은 운동회를 연기해야 한다는 뜻이었다. 하지만 아무도 부모님에게 말하지 않았다. 한시에 소수의 학부모가 빗속에 모여들었고, 우리 엄마가 뒤쪽에 혼자 서 있는 모습이 보였다. 나는 교장 선생님이 우산을 쓰고 달려나가서 날씨 때문에 운동회를 할 수 없다는 이야기를 전하는 모습을 교실에서 바라보았다. 이 무슨 끔찍한 시간 낭비람.

엄마는 너무나 지쳐 보였다. 평일에는 촐리종합병원에서 주말에는 맨체스터종합병원에서 이 주 반을 꼬박 야간근무를 하던 중이었다. 풀밭 위를 천천히 걸어 자동차로 돌아가는 엄마를 바라보고 있는 나를, 엄마는 보지 못했다. 엄마의 분홍색 나일론 운동복은 안팎이 뒤집어져 있었다. 나는 아무도 눈치 못 챘기를 빌었다. 엄마는 우리 반 창문 옆을 지나쳤지만 나는 손을 흔들지 않았다. 나는 화드득 덮쳐오는 연민과 슬픔을 느꼈다. 엄마는 힘든 몸을 질질 끌고 학교까지 그 먼 걸음을 했지만 다 헛짓이었다.

내 제일 친한 친구는 연년생 자매 엘런과 애니카다. 내가 열 살이 되고부터 할머니는 가끔 그 집에 차를 마시러 가도 좋다고 허락했다. 그애들 집은 해가 잘 들고 커다랗고 서재에 패커드 벨 컴퓨터가 있고 둘이 쓰는 트윈 베드 침실에는 분홍색 벽지가 발라져 있으며 침대에는 잘 어울리는 공주 그물망을 달아놨다.

저녁식사 때 우리는 내가 집에서 먹어야 하는 끔찍한

것들—얌과 쌀과 고기—대신에 알파벳 모양 스파게티와 치즈를 올린 토스트를 먹었다.

어느 날 밤, 저녁식사를 하는데, 엘런과 애니카의 엄마가 보석을 주렁주렁 낀 손으로, 바로 식탁 위에서, 내 손을 잡더니 눈썹을 찌푸리며 내 쪽으로 몸을 기울였다.

옷 갈아입을 때 말이야, 얘야, 체육복 입을 때, 너는 여자 화장실에서 갈아입는 게 좋을 것 같구나. 아니면 나시는 벗지 말고 그냥 입고 있거나. 그녀는 모의를 하는 듯한 낮은 목소리로 속삭였다.

너는 다른 애들보다 발육이 약간 빠르구나,
그녀가 말했다,
이상한 미소를 띠고서. 아줌마가 너희 선생님하고 얘기를 좀 해볼까?

너무 짜증스러웠다. 거기 식탁에서 칵, 죽어버리고 싶었다. 어른들은 언제 어디서나 웃으면서 끔찍한 말들을 한다. 나는 아담함을 원했다. 자그맣고 싶었다. 작은 손과 발을 갖고 성장통도 없고 성난 사자 꿈도 없고 가슴은 절대 없고 싶었다. 여덟 살 생일에 다른 애들과 똑같이 생기게 해달라고 간절히 소원을 빌었는데 벌써 아홉 살이 된 지금도 그럴 기미는 전혀 보이지 않았다. 나는 눈에 눈물이 그렁그렁 차오르는 느낌이 들어 꾹 참았다. 식탁 건너편에 앉은 엘런과 애니카를 보았다. 그애들은 한마디도 듣지 못했고, 서로 머리카락을 잡고 장난치느라 바빴다. 바로 거기 식탁에서.

할머니와 할아버지였다면 그런 건 일 분도 참아주지 않았을 것이다. 이날 저녁, 해는 그애들의 금빛 말총머리를 비추었고 머리칼 두 다발은 정말 황금실과 똑같아 보였다.

그날 밤 나는 컴퓨터와 분홍색 벽이 있는 커다랗고 햇살이 가득한 집에 사는 꿈을 꾸었다.

엄마는 물론 여전히 내 엄마였지만 아빠는 백인이었고 나를 세상에서 가장 어여쁜 소녀라고 불렀다.

9.6

우리 가족 주치의가 나를 자세히 보고 있다.

"얘가 무슨 소리를 하는지 나는 정말 모르겠어요, 의사 선생님." 할머니가 말한다.

"그런데 한 번씩 아이가 나와서 똑같은 소리를 해요, 또 하고 또 하고. 그러니 걱정이 되죠."

멜링 박사는 한 번도 본 적 없는 부드럽고 흰 손을 갖고 있고, 진료실은 장난감들로 꽉꽉 들어차 있다. 축소판 사람들이 꼭꼭 들어찬 노란 찻주전자, 루빅스 큐브, 지그소 퍼즐. 선생님은 멋진 아빠일 거야, 나는 생각한다. 내 위장이 영 이상해지는 기분이다.

"무슨 뜻이니, 현실 같은 기분이 들지 않는다는 게? 어렵겠지만 선생님한테 좀 다른 말로 설명해줄래?" 선생님이 친절하게 싱긋 웃으며 말한다.

하지만 사라지면서도 동시에 거기 존재하는 듯한 그 느낌을 묘사할 단어가 없다.

선생님이 내가 자기 딸이나 뭐 그런 것처럼 다시 손으로 내 이마를 짚어봐주었으면 좋겠는데, 왜 그런 마음이 드는지는 모르겠다. 집중해야 한다. 할머니가 오만상을 쓰며 나를 보고 있다.

"눈앞에 무늬가 보인다는 게 사실이니?"

선생님이 말한다. "만화 같은 거? 눈처럼 반짝거리는 빛도 보인다는 게 진짜니?"

"밤에만요." 내가 말한다.

"밤에만."

"그리고 학교에서 집까지 걸어오면 아직도 무릎이 아프다는 거지?"

"네, 아주 많이 아파요."

멜링 박사는 진통제를 좀 처방해준다.

"그리고 아직도 토요일에 교회 가기 전에는 배가 아프고?"

"큰 소리로 말해라, 얘야." 할머니가 벌컥 짜증을 내며 말한다.

"네, 배가 아파요."

멜링 박사는 변비약을 처방해준다.

사실 전혀 효과가 없다. 약은 하나도 듣지 않는다. 토요일마다 교회 건물 밖에 주차하고 주일학교에 들어갈 때면 내 심장은 이 사이에 끼어 있다. 내 또래의 여자아이들이 내 옷을 보고 비웃으며 내 머리는 왜 그렇게 형편없는 모양이냐고 묻는다. 그애들은 내 구두는 낡아 보이고 머리끈은 유치하다고 한다. 그애들은 실내의 퀴퀴한 냄새가 나 때문이냐고 묻는다. 그럴 수도 있다.

패거리의 대장인 알리사 때문에 나는 토요일이 무서워졌다. 토요일은 단연코 일주일 중 가장 긴 날이다. 내가 방안에 들어서면 여자애들은 말을 멈추고 빤히 쳐다본다. 나는 놀란다. 내가 그애들과 똑같이 생겼기 때문이다. 그런데 왜 나는 학교에서보다 여기서 더 외로울까? 게다가 사람한테 못되게 굴고 기분을 상하게 하는 건 기독교인이 할 짓이 아니다. 어떤 주에는 그애들이 내 뒤에 한 줄로 앉아서 자기네들끼리 얘기를 하고, 웃고, 손가락질을 한다. "우리는 너를 좋아하지 않아." 그애들은 말한다. "네 옷은 한심하기 짝이 없고 네 몰골도 방금 덤불숲에서 질질 끌려다니다 나온 애 같아. 머리는 생머리로 펴거나 붙임머리를 달거나 뭘 좀 해야겠어."

"너희 집에는 고데기도 없니?"

"왜 너는 할머니 할아버지랑 살아? 엄마 아빠는 없어?"

"너희 할머니가 지어주는 옷이니? 꼭 그래 보이네."

"너랑 네 남동생은 왜 그렇게 웃기게 걸어?"

나는 혼자 앉아 못 듣는 척하고, 늘 웃는 얼굴로 다니라고 말하는 어른들에게 말을 건넨다.

하지만 일주일이라는 게 다 그렇듯, 흘러간다. 시간은 항상 믿음직하다.

그리고 나는 느끼지 않는 법을 배운다.

엄마 집에서 보내는 주말

엄마가 함께 시간을 좀더 보내자고 해서 엄마 생일에 교회를 빠져도 된다!

엄마와 리틀 루와 나는 함께 있는 게 너무 기쁘다. 누워서 디즈니 영화를 보고 서로 바라보며 손과 코와 눈썹을 만지작거리고. 엄마는 내 머리를 빗겨주고 두피 쪽에 초록색 댁스 왁스를 발라준다. 아프지만 이를 악문다. 다른 생각을 한다. 그래도 안 되면 진통제를 한 알 삼키고 만약을 대비해 또 한 알 더 삼킨다. 무릎이 아플 것 같을 때도 그렇게 하니까. 나는 무릎 알약을 사랑한다. 민트 사탕처럼 작고 달콤하고 혀에 닿으면 보글보글 거품이 난다. 엄마는 우리가 집에 있으니까 너무 좋다고 한다. 엄마의 눈이 빛난다. 나는 리틀 루를 뒤에서 꼭 껴안고 있다. 팔을 두르면 그애 몸이 폭 들어온다. 우리는 점심때 크림소다(예스!!!)를 마시고 소시지와 감자튀김을 먹는다.

소시지가 나쁜 음식일지라도.

(왜냐하면, 성경에 어느 날 모든 돼지들이 악마에 홀려

물에 빠져 죽었다는 얘기가 나오기 때문이다.) 하느님을 경외하는 기독교도라면 역겨운 돼지는 절대 먹지 않겠지만

소시지는 굉장한 맛이 난다, 달콤하고 육즙이 풍부하고. 나는 재빨리 소시지를 꿀꺽 삼키고 절대로 다시는 죄를 짓지 않겠다고 하느님께 약속한다. 우리는 영원히 여기 있고 싶다. 엄마는 심지어 저녁 전에 단것을 먹어도 좋다고 하고

하지만

풍경에 빨강이 있다.

린퍼드가 찾아온다.

내가 뜨거운 차를 목으로 넘기는데 린퍼드가 집안으로 들어온다, 아무렇지도 않게. 우리가 아는 걸 말해준 이후로 그를 본 적이 없다. 엄마는 우리를 불안하게 쳐다본다.

"린퍼드가 너희를 보고 싶어해." 엄마가 말한다. "애들아, 우리 중국음식 먹으러 나가자."

나는 뜨거워지고

잘못된 방식으로 짜릿짜릿한 느낌을 받는다.

린퍼드는 우리 쪽을 보고 고개를 끄덕이긴 해도 웃지는 않는다.

"코트들 입어라, 얘들아." 그가 으르렁거린다.

우리의 외출

엄마가 맥도날드를 들고 돌아온 걸 보니 빙고에서 이겼고
담배 냄새가 좀 나지만
아무도 그다지 신경쓰지 않고
딱 휴일 같은 기분
그것도 완전 최고의 휴일
엄마는 우리더러 밤늦게 자도 된다고 한다. 엄마는 이틀
휴가를 받았다.
엄마는 린퍼드/반쪽 아빠를 보고 웃는다
엄마는 나를 보고 웃는다
우리의 반쪽 아빠가 미소로 답하자 우리는 가족처럼 보인다
엄마는 기분이 좋고 우리도 그렇다.
엄마는 우리에게 다음날 어디 가고 싶냐고 묻고
우리는 세계 최고의 장소이자 분홍색과 파랑색 솜사탕과
부드럽게 녹는 팝콘이 있는 블랙풀 플레저 비치*를 고른다.

* 잉글랜드 랭커셔의 놀이공원.

반쪽 아빠는 또 저기압이지만 엄마는 그냥 무시하라고
신나게 뛰어다니며 재밌게 보내라고 그저 미아가 되지만
말라고
낯선 사람과 말하지 말라고 한다.
물론 우리처럼 생겼다면 예외지만
하하
엄마는 혼자 웃는다, 지쳤지만 즐거운 기색이다
엄마는 짐가방을 전부 혼자 들고 있고 엄마는 새 신발이
필요하다
엄마는 우리 반쪽 아빠를 보고 웃고
린퍼드는 고개를 돌리고
나는 그냥 엄마가 좋은 하루를 보내기만을 간절히 바란다.

10.0

린퍼드가 사다리를 타고 창가에 나타난 후로,

우리의 유니콘이 나타났다 사라진 밤 이후로,

내 동생과 한밤의 창문 사이에서 무슨 일인가 벌어지고 있다. 그애는 이제 별을 읽지 않는다,

전혀,

그리고 달과 달의 주기에 대한 모든 관심을 잃었다. 창밖을 내다보기는커녕 창가 근처에 가지도 않으려 한다. 할머니도 할아버지도 눈치채지 못했지만, 해질녘 특정한 시간에 리틀 루가 무언가에 사로잡히는 게 내게는 보인다,

어떤 내면의 전율, 그것에 사로잡힐 때면 그애 얼굴이 점점 부드러워지는 빛을 등지고 오그라드는 것처럼 보인다.

정확히 같은 시기에, 거울에 대한 나의 감정에도 역시 무슨 일인가 벌어지고 있다. 나는 내가 어떻게 생겼는지 안다, 간접적으로. 어른들은 내가 예쁘다고 말하니까. 나는 이 말의 의미를 헤아릴 수가 없다. 거울에 비친 내 모습은 내가 이해할 수 없는 선들과 동그라미들로 보인다. 커다란

눈과 지나치게 긴 팔다리와 두터움과 검디검은 피부와 어둠 속 앞뒤가 맞지 않는 몇몇 것들이 있다. 나는 여러 가지가 두려워 거울을 보지 않는다. 나는 울퉁불퉁한 벽지에 목재 칩을 바른 천장이 있는 커다란 뒷방에서 잔다. 나는 나이가 들었다, 나도 안다, 밤에 거울을 무서워하기에는 이제 나이가 들었단 걸, 하지만 거울 세상은 전혀 예측할 수가 없다. 어쩌다 낮의 거울상이 되돌아오는 길이 늦어지기도 하는데 그러면 그 자리에서 나를 빤히 쳐다보는 그것이 흘끗 보일지도 모른다.

그렇다, 거울 세상은 믿을 수가 없다. 두 세계를 가르는 건 고작 얇은 유리 한 장뿐인데, 그걸로는 하나도 마음이 놓이지 않는다. 어디서 한 세계가 끝나고 어디서 다른 세계가 시작하는지 누가 안단 말인가? 유리는 어둠을 막아줄 수 없다. 리틀 루에게 물어보라.

더 나쁜 건—어쩌면 나는 위험에 처했는지 모른다는 사실. 어쩌면 어둠 속 검은 형상이 나일지도 모른다는 사실.

증거 1

(거울)

소녀는 이런 짓을 하기에는 너무 어릴지도 모른다. 나이에 비해 키가 큰 소녀는 목재 칩과 울퉁불퉁한 벽지가 발린 방안 커다란 창가에 서 있다.

창은 할머니, 할아버지의 정원과 양배추 텃밭과 순무와
할아버지의 헛간과
옆집 이웃의 정원과 온실을 내려다보고 있다.

이웃들이 정원에 서서, 블랙커피를 마시고 있다.

소녀는 이웃들이 볼 수 있도록 벌거벗은 몸의 각도를 튼다……

만일 그들이 말을 그치고
지금 당장 올려다보면
만일 그중 한 사람이 그냥 눈길만 휙 치켜들어도
만일……

소녀의 호흡이 바뀌고 있다

소녀는 숨이 뜨거워지고, 으르렁거리는 느낌을 받는다
배 밑으로, 점점 고조되다
발가락까지 타고 내려가고
소녀의 다리가 떨리기 시작하고
그리고

시작된다

소녀는 떨고
두 손을 차가운 유리에 댄다. 발가락이 오그라져
카펫을 꼭 움켜쥔다.
거울이 그걸 전부 본다, 하나도 놓치지 않는다.

증거 2

(창)

한 소년이 마루에 앉아 있다,

장난감 자동차를 가지고 놀면서,

그때 소년은 목구멍이 조여드는 느낌을 받는다. 방안이 침침해지고 있는 걸 깨닫는다. 가슴이 답답하고, 불안해진다. 소년은 깨닫는다, 밤은, 거칠고 거친 시간이라는 걸. 소년은 남자아이니까 강인해야 한다는 걸 안다. 할아버지가 알면 죽는다. 그가 무서워하는 게…… 창문이라니? 얼마나 바보 같은 일이야.

자, 힘내자. 강해져야 해.

교회에는 성경에 나오는 다니엘이 얼마나 용감했는지 찬양하는 노래가 있다. 사자굴 안에 서 있었는데도 아무 일도 일어나지 않았는데, 그건 다 용기와 의지 덕분이라고 한다.

용기를 내어 다니엘이 되어라, 노래는 말한다.

용기를 내어 다니엘이 되어라.

그러고는 사람들은 모두 일어나서 노래하며, 어린

남자애들의 등을 열렬히 턱턱 두드린다. 하지만 다니엘은 ITV 뉴스에 나오는 총잡이와 탱크와 연쇄살인범이 없던 옛날에 살았는데. 게다가

누나가 언젠가 말해줬던 그것도 있고,

누나는 소년이 못된 짓을 하면/할 때

그것이 일어날 수 있고

일어날 것이고

일어날지도 모른다고 했다. 아무리 애써도 떨쳐버릴 수 없는 이 생각.

"네가 나쁜 아이면……

나쁜 아이일 때에만,

네가 잠잘 때 침대 헤드보드 뒤의 벽이 열리고

너는 컨베이어 벨트 같은 것에 실려 벽 속으로 푹 들어가서(네 침대하고 다 같이)

지하세계로,

지옥으로, 악마와 꼬마 악마와 고블린과 울부짖는 것들,

끔찍해서 상상조차 할 수 없는 것들이 있는 곳으로 떨어질 거야.

네가 산 채로 화장되는 사이

악귀들은 저 멀리서 깔깔 웃으며 놀 거야." 이 모든 게 사실이라면, 소년은 생각한다,

물론 당연히 사실이겠지,

소년의 누나가 해준 얘기고 누나는 절대 거짓말을 하지 않으니까

그러니까

성경과 이 끔찍한 이야기들이 사실이라면…… 창문을 가지고 괜한 위험을 무릅쓸 수는 없어. 벽돌 건물을 타고 뭐가 올라올지 누가 알아

그 앞에서 너는 겁에 질려, 그 어느 때보다 작아지겠지. 고층건물에 있건 아파트 지하에 있건, 밖을 내다보는 건 바보짓이야. 뭐가 기다리고 있을지 누가 알아? 땅에 뱀들이 있을지

사다리에 악마가 매달려 있을지.

분홍/노랑

처음에는 꿈 같았다
리틀 루와 나는 할머니의 분홍 분홍 화장실에 서 있었다.
금요일 밤/토요일 새벽이었고,
거룩한 날이었다. 안식일.
그애는 공포에 질려 침대 시트를 꽉 움켜쥐고 있었다.
또다시 사고가 일어났다.
한 치의 어김도 없이, 밤마다 사고가 일어나고 있었다.
"매맞고 싶지 않아." 그애가 말했다, 울면서.
할머니와 할아버지는 그 일로 무섭게 화를 내며
그런 일이 생길 때마다 그다음주까지 정신을 못 차릴 만큼
혼내주겠다고 했지만
그애는 그러지 않을 수가 없었다.
이른 새벽이었고 그들은 아직 잠들어 있었다.
우리는 공포로 가득차 있었고, 그럴 만한 이유가 있었다.
우리는 소금물과 '소독약'을 가지고 와서
비닐 시트에 흥건한 오줌을 스펀지로 다 닦아냈다.

하지만 할머니가 잠에서 깼고
할머니가 몸을 일으켰고
할머니가 복도를 지나 걸어와서
말했다. "이 문 잠그지 마라, 알겠니? 너희 대체 뭐하는 거니?"
"아무것도 안 해요." 우리는 말했다, 비닐 시트를 빨래 바구니에 쑤셔넣으며.

"아무것도 안 해요." 우리는 말했다, 어쩔 줄 몰라하며, 뭉친 침대 시트를 카펫 밑에 쑤셔넣으면서. 루의 작은 두 손에 땀이 났다.
나는 문을 열었다. 이제 비닐 시트는 눈에 안 보이는 곳에 숨겼다.
젖은 시트는 '사차원'으로 밀려났다. 화장실은, 아직도 아주, 아주, 분홍색이었다.
우리는 꿈을 꾸고 있었던 걸까? 아니.
"아무것도 아니어야 할 거다." 문간에 선 할머니의 형상이 말했다.

10.1

아름다움은 사람들을 머무르게 만든다고, 나는 생각했다. 아름다움은 사람들이 네 말을 경청하게 만든다. 아름다움은 사람들이 너와 사랑에 빠지게 만들고 당황해서 쩔쩔매게 만든다. 아름다움은 모든 노래에 있고 디즈니 영화 속에도 있다. 심지어 성경에도 있다. 지금까지 읽은 성경 중에 가장 좋아하는 부분인 아가는 전부 아름다움과 연인들과 사랑에 대한 이야기다. 나는 내 삶이 바뀔 때까지 기다릴 수 없는데, 내 모습은 사람들이 좋아하는 물건 정도로만 보였다. 학교의 남학생들은 반에서 제일 아름다운 여자아이들의 등수를 1등에서 15등까지 매겼다. 나는 그 명단에 이름이 오르지 못했지만 그건 남학생 전원이 나는 굳이 그럴 필요가 없다는 데 의견 일치를 보았기 때문이다

왜냐면 나는 '쿨한 흑인 친구'에 더 가까웠기 때문이다,
그러니까 알다시피, 여자친구가 아니라,
스펀지 같은 머리칼에 완전 쿨한,
'쿨한 흑인 여자 사람 친구'.

나는 이 년째 줄곧 아름다움을 달라고 기도했지만 전혀 성공하지 못했고, 구체적인 성과도 없었다. 어른이 아니면 아무도 내 아름다움을 보지 못했으므로 나는 계획을 세웠다. 어쨌든, 목적을 달성하기 위해 내가 할 수 있는 일들은 아주 많았다.

계획 1. 곱슬머리를 푸는 약에 대해 할머니에게 물어보기. 아니면 파마를 하거나. 백인 소녀들은 머리에 팬틴 프로브이 샴푸를 쓴다. 나도 그걸 손에 넣어서 우리집에 있는 끔찍한 샴푸에 섞어 쓸 필요가 있다. 내 머리카락이 더 곧고, 반짝거리고, 길어지게 만들어야 하니까.

계획 2. 할머니의 요가 책을 보고 날마다 운동을 하고 너무 많이 먹지 말기.

그 말은 감자튀김도 안 되고, 디저트도 안 된다는 뜻이다.

할아버지가 할아버지의 당뇨병 환자용 비스킷을 나눠주면 그것만 먹을 것.

남자애들을 꼬시는 법을 배우기 위해 〈슈가〉와 〈블리스〉 잡지를 살 것.

엄마의 헤어젤을 써서 머리에 윤기를 줄 것. 꿈꾸는/

이상적인 옷차림은

〈베이사이드 얄개들〉*에 나오는 켈리 카포우스키
또는
패멀라 앤더슨
또는 〈스위트 밸리 하이〉**의 쌍둥이 중 아무나.

한 줌의 사람들만이 하느님의 왕국에 들어간다고, 성경은 말한다. 소수의 사람들만이 지옥불에서 구원받는다고. 그러니까, 좁은 길을 가고 열심히 일하고 하느님을 숭배하며 근면하고 겸손한 사람들 말이다. 만사를 올바르게 행하는 주님의 자식들. 교회에서 무릎 꿇고 기도할 때마다 나는 울음이 났다. 천국에 갈 수 있을지 도저히 확신이 생기지 않았기 때문이다. 성경에서는 우리가 죄인으로 이 세상에 왔다고 했다. 아마 나는 그렇게 착한 사람이 아니라서 상황을 되돌릴 수 없었나보다. 나는 길고 윤이 나는

---

* 미국 TV 드라마.
** 미국 TV 시트콤.

머리카락을 갖고 싶었고 소녀 잡지를 읽고 싶었고 분홍색 립글로스와 짧은 치마를 입고 누구나 홀딱 반해서 나를 원하고 사랑해주기를 바랐다.

거기에 천국이 있다고 믿어 의심치 않았다.

야생동물

나는 천천히, 의도적으로, 이리저리 움직이고 있어,
내 '제일 친한 친구' 밑에 깔린 채. 있잖아, 우리는 '남자
연습'을 하고 있단 말이야. 중요하고 꼭 필요한 일이지.
우리는 이 섹스 같은 것을 "뱀과 코끼리"라고 불러,
그래야 학교에서 우리가 그 얘기를 해도 아무도 모르지.
암호가 제일 중요해.
이 친구는 가끔 학교에서 나한테 못되게 굴어. 하지만
침대에서는 절대 안 그러지. 침대에서는 절대 절대 안 그래.
끝나고 나면,
우리가 꼭 야생화처럼, 데이지 꽃처럼
연기하고 나면
바람 속에서 함께 부비고 나면, 민들레 솜털처럼, 흩날리고
나면
여름 튤립처럼
미나리아재비처럼
흐드러져 떨어지면, 우리 몸안의 꽃잎이 부드러워지면

우리는 아래층으로 내려가. 나한테서 그애 냄새가 나. 그애는 아담한 소녀고 내 티셔츠 속에 완전히 폭 잠겨. 내 내장들은 아직도 갈망으로 욱신거려. 그애가 내 살갗 위에 있어. 나는 더 원해,

훨씬 더,

하지만 저녁 먹을 시간이라서,

즉, 우리는 소환되지.

우리는 쌀과 닭고기 앞에 앉고
나는 정말, 정말, 내가 사랑에 빠졌는지도 모른다는 생각이 들어,
즉, '남자 연습'을 하는 게 아니고,
절대, 절대 아니고.
할머니와 할아버지는 물론, 아무것도 모르지. 할머니와 할아버지는 우리 머리 위로 교회 누군가의 열여덟 살짜리 딸아이가 임신을 했는데 심지어 결혼도 안 했다는 얘기를 하고 있지 뭐야!
우리가 하고 있던 그 짓, 나의 '제일 친한 친구'와 나,
이건 옳다고 느껴져. 자유로운 느낌이야. 삶이 완전히 새로워질 수 있을 것만 같아.
나 자신이 된 기분이야, 더 강해진 나. 전사戰士인 나. 마치 내가 군대에 들어갈 수 있을 것 같아. 삼촌 오빠처럼 강하고. 삼촌 오빠처럼 멋지고. 내가 삼촌 오빠면 좋겠어. 가슴도 없고, 그냥 강인하고 왕 같고 까맣고.
어느 먼 곳의 병사. 환상의 신기루. 세상 모든 소녀들이 사랑하는 것.

그 소식이 우리를 강타한다. 린퍼드가 리젯 이모와 살고 있었다. 엄마의 제일 친한 친구.

린퍼드가 리젯 이모와 살림을 합쳤다. 엄마의 친한 친구.

린퍼드와 리젯 이모, 일명 엄마의 '친한 친구'. 리젯 이모? 린퍼드? 우리는 놀라서 입을 다물지 못했다.

리젯 이모는 갈색 피부에 몸매는 통통하고 파마머리는 비단결 같고 도톰한 입술은 반짝인다.

리젯 이모와 엄마는 이제 서로 말도 안 했다, 길거리나 카니발이나 어디 그런 데서 우연히 마주치지 않는 한. 마주치면 서로 고개를 까닥여 인사하고, 가던 길을 계속 갔다. 하지만 우리는 우연히 이모와 마주치면 예의바르게 행동해야 한다는 주의를 들었다. 아이들은 언제나, 예외 없이, 어른을 공경해야 하니까.

"그러라고들 해." 엄마는 머리를 홱 젖히고, 브랜디를 섞은 차를 마시며 말했다.

"꿈에도 그럴 줄은 몰랐지만, 그러라고들 해.

그리고 친구들 조심해야 한다, 응? 결국 널 죽이는 건 친구거든."

다른 모든 것

소원은 이루어지기 마련이다. 열한 살 때 리틀 루와 나는 엄마와 다시 살 수 있게 되었다. 엄마가 그 동네로 이사와서 할머니네 집에서 걸어서 십오 분 거리에 살았는데, 건너편에는 공동묘지가 있고 바로 옆에는 내가 다니는 중학교가 있었다. 엄마와 다시 함께 살게 되어 얼마나 마음이 놓였는지 모른다. 우리는 숨을 내쉴 수 있었다. 그래서 우리는 한껏 내쉬었다.

엄마에게는 전자레인지와 케이블 텔레비전이 있고, 찬장에 초콜릿, 베이크웰 타르트*, 인스턴트 애플파이와 삑 소리가 나지 않는 플라스틱 전기 주전자가 있었다 (우리는 삑 소리에 질릴 대로 질려 있었다). 모든 게 플라스틱이고 현대적이었으며 우리는 몇 분 만에 맛있는 인스턴트 식사를 데울 수 있었다. 예수님 초상화가 벽을 장식하고 있지도 않고 도자기상으로 가득찬 찬장도

* 영국 베이크웰 지방에서 탄생한, 잼과 아몬드 등이 들어간 타르트.

없었지만, 우리가 아는 자메이카 사람들이 다 그렇듯 의자는 포장재를 벗기지 않고 그대로 두었다. 엄마는 아직도 맨체스터병원에서 야간근무를 하고 다음날 아침 여덟시에 녹초가 되어 집으로 돌아오곤 했다. 엄마는 낮에 우리가 학교에 간 사이를 틈타 점점 부족해지는 잠을 보충하려 애쓰곤 했다. 우리가 엄마를 보는 시간은 오후 여섯시에서 일곱시 사이, 엄마가 다시 야근할 준비를 할 때였다. 엄마는 최선을 다했다.

엄마는 물건을 버리는 걸 좋아하지 않았고 리더스 다이제스트 책들 청진기 셀로판테이프 낡은 고등학교 연습장 얼룩진 종잇조각 모노폴리* 말과 가짜 돈 사진들 안 나오는 펜들 빙고 카드 향수병 오래된 화분 음식 토마토소스 향낭 혹시 필요할 때를 대비한 겨자 KFC에서 가져온 물티슈 오래된 신용카드 오래전 잊힌 함들의 열쇠 홍차 얼룩이 진 행주 반짇고리 1984년에 나온 석고와 밴드 낡은 수술 장갑 우리가 이름도 모르는 알약들 진통제 소염제 항히스타민제 비타민 캡슐 대구간유 온통 녹슨 철제 비스킷 통 플라스틱 돈궤 스트레스 해소용 고무공 블랙풀 비치에서 주운 조개껍데기

---

* 가짜 돈으로 땅과 집을 사고파는 보드게임.

너트 볼트 스크루 오래된 잡지 표지에 끼적인 요리법 자메이카에서 온 편지들 우표 스탬프 삼촌 오빠 사진들 우리는 집안을 깔끔하게 가꿀 수 없었다. 전부 어질러져 있었다. 천장 한구석에 거미줄이 생겼고 굽도리널과 문손잡이에는 때가 잔뜩 끼었다. 창턱 틈새에서 잡초가 자라났다. 컵에는 곰팡이가 생기고 마룻바닥에 쌓인 낡은 옷가지에서는 퀴퀴한 곰팡내가 났다. 정원은 쓰레기장이었다.

할머니가 생선과 치킨, 마카로니와 치즈, 쌀과 콩 요리를 터퍼웨어에 담아 보내주지 않으면 우리는 가게에서 파는, 상자에 포장된 인스턴트 음식, 쌀과 치킨과 파티 음식을 먹었다.

우리는 꼼꼼하게 사소한 일에도 신경을 쓰라고 그토록 배웠음에도 불구하고 별로 청소할 마음이 들지 않았다. 그렇게 배워서 더 그랬다. 할머니네 집에서는 손 닦는 수건으로 얼굴을 닦으면 따귀를 맞았다. 엄마네 집에서는, 리틀 루와 내가 하고 싶은 대로 뭐든지 할 수 있었다. 그래서 우리는 맘대로 했다.

할머니와 할아버지는 집안 꼴에 절망하셨지만,

이미 그들의 손을 떠난 일이었다.

나는 리틀 루를 저녁 일곱시 사십오분에 재우고 적당하다고 생각되는 때 물러나는 일을 맡았다. 이런 새로운 자유의 생활방식이 몸에 익을 때까지는 시간이 좀 걸렸다. 엄마의 찬장은 의학 잡지를 빼면 온통 밀스 앤 분* 로맨스 소설과 섹스 소책자로 가득했다.

『멋진 섹스』,

『섹스펙테이션』(농염한 로맨스 이야기)

와 삽화가 들어간 『카마수트라』가 있었다. 내가 제일 좋아하는 그림은 "여자들이 함께 할 수 있는 유일한 방법"이었다. 나는 그 책장의 귀를 접어서 밤마다 내 베개 밑에 책을 넣어두었다.

루도 닥치는 대로 뭐든지 읽으려 했다. 꼬마 교수처럼 의학 잡지를 정독하는가 하면 대부분의 찬송가를 귀로 듣고 외웠다. 만화에 나오는 등장인물 목소리를 전부 흉내낼 수 있었고 텔레비전 앞에 너무 바짝 붙어앉아서 눈을 혹사하는 바람에 안경을 써야 했다. 우리는 보고 읽은 모든 단어를 외웠고 종이 쪼가리와 사인펜, 삼촌 오빠의 낡은 팔십년대

---

* 영국 출판사.

만화책들로 원색의 그림책들을 만들어냈다. 우리는 라디오 쇼를 만들어 카세트 녹음기에 녹음했고, 유명해져서 우리가 꿈꾸던 컴퓨터 게임과 단것과 책을 가득 채운 집에 살 계획을 세웠다.

물리학과 마술

매일 밤 열시쯤 〈퀀툼 리프〉라는 아주, 아주 오래된 옛날 옛적 드라마 재방송이 나온다. 이 드라마에서 스콧 배큘러, 일명 샘 베케트 박사는 불과 수 초 만에 시간과 공간을 여행한다. 엄마는 거실에 마술 책을 한 권 갖고 있는데, 이 책은 성경과 삽화가 없는 『카마수트라』 사이에 끼여 있다. '신성한 힘 학파'가 "시간대 뛰어넘기"에 관해 집필한 담청색 하드커버 책에는 다양한 과학자들의 진술이 나오는데, 그들은 긍정적 활성화를 통하면 상상 가능한 그 어떤 현실 속으로든 훌쩍 뛰어들어갈 수 있다고 말한다.

그냥 생각만 해보세요, 그 책은 말했다. 여기 당신의 온갖 인생들이 다 있습니다, 서로 다닥다닥 붙어서 진행되고 있죠, 그러니까 당신은 주파수를 선택하면 됩니다.

그 말은 차원들이 버젓이, 버젓이 실재한다는 뜻이다.

그 말은 루와 내가 작년에 정말로 유니콘을 보았다는 뜻이다.

그 말은 우리가 결코 꿈을 꾼 게 아니라는 뜻이다.

그러니까 아름다움이 오고 있다. 돈이 오고 있다. 아버지들이 오고 있다. 그 책은 시간이란 환상이라고, 구부릴 수 있는 개념이라고 말한다.

실재가 아니라고. 그러니까 어쩌면 당신이 이 글을 읽을 때 나는 이미 스물아홉이나 쉰이나 뭐 그런 나이가 됐을지 모르고, 아니면 두 살이라 아직 엄마와 함께 조리대 위에서 책을 읽고 있을지 모른다. 마찬가지로 나는 분명히 여기 있고 당신은 분명히 거기 있다—다만 우리는 없다. 우리는 어디든 우리가 원하는 곳에 있고

그 아름다운 배우 스콧 배큘러가 불과 몇 초 만에 기존의 시간대를 허물고 시간여행을 할 수 있다면, 심지어 대각선으로 여행하는 것도 분명 가능할 것이다. 나는 내 아버지를 만나거나 그 비슷한 걸 할 수 있고, 그가 나이지리아에 돌아가지 못하게 막을 수도 있다(나의 형제자매가 아버지 없이 살게 되는 걸 원치는 않지만). 아버지가 시간을 앞뒤로 여행할 수 있다면 나의 형제자매는 그가 사라진 걸 눈치채지 못할지도 모른다!

엄마는 내가 개념들을 혼동했을지 모른다면서 이 문제를 너무 많이 생각하지 말고 또 배우 스콧 배큘러와 그의 캐릭터 샘을 혼동하지 말라고 하지만, 엄마는 언제나 지쳐

있고 이 문제를 논하기에 좋은 상대가 아니다. 내 생각에, 〈콴툼 리프〉는 최고의 텔레비전 프로그램이다. 스콧, 일명 샘이 시간과 공간을 여행하는 이유는 그가 미처 준비가 되지 않은 상태에서 우연히 무슨 시간의 소용돌이인가 찬장인가에 들어섰기 때문이다. 나는 그가 안됐다는 생각이 든다. 이제 좀 편해지는가 하면 또다른 시공간으로 펑 하고 날아가서 일련의 나쁜 사태에 휘말리고, 역사에 뭔가 나쁜 일이 일어나는 것을 막기 위해 친구 앨의 안내를 받으며 위태로운 상황을 헤쳐나가야 한다.

그 덕분에 나는 잠자리에 들기 전에 몹시, 몹시 행복해진다. 나도 이미 여러 개의 시간대를 이동한 거라고, 그렇게 생각한다. 시간은 환상이야, 하고 과학자들이 말한다. 시간은 분자고, 휘어지거나 액상이고, 땜질한 금속이야.
아니면 기억의 물방울이야. 나는 시간이 수은 같을 거라고, 은빛이고 착시현상을 일으킬 거라고 생각한다.

담청색 책은 굉장하다. 나는 마술 과학을 사랑한다. 그 책은 서구와 서구의 편협하고 제한적인 시간 개념에 대해 비판적 관점을 취한다. 시계를 모두 불태워라. 나는 자유롭다. 밤이면 친구들이 나를 데리러 오고 더이상

토요일에 예배를 안 가도 되고 린퍼드는 행복하게 제 갈 길을 갔다. 내 '제일 친한 친구' 역시 화학적 기억의 물방울이다. 우리의 시간대는 완전히 무너졌다. 그애는 내가 레즈비언이라는 루머를 만들어, 몇 킬로미터도 넘게 떨어진 다른 학교까지 퍼뜨리려 하고 있다. 난 개의치 않는다. 스콧 배큘러, 일명 샘이 미래에서 육십년대의 나이트클럽으로 도약했다가 사십년대 소도시의 보안관이 되었다가 마이클 잭슨에게 문워크를 가르쳐줄 수 있다면 나도 그런 고약한 짐 따위 내 삶에서 없애버릴 수 있다. 세상에는 늘 내가 감동시키고 나를 감동시키는 새로운 사람들이 있으니까. 제기랄 나는 이제 막 중학교 생활을 시작했고, 이제 막 진짜가 시작되려는 참이고, 이 시간대의 이 순간 나는 너무 흥분해서 내 '제일 친한 친구'든 누구든 그리워할 여유 따위 없다. 엄마가 한 말이 딱 맞다. 친구를 조심해야 한다. 아무튼, 나는 마음을 쏟아야 할 더 중요한 일들이 많다, 예를 들어 '성장'이라든가. 중학교는 아주 중요한 시기가 될 것이다. 나는 다공성이다, 나는 대담하다. 나는 시공간 여행 전문가다.

나는 거의 열두 살이다, 알다시피. (이론적으로, 적어도 서구의 선형 시간관념으로 볼 때는 그렇다.)

그리고 중학교 생활은 이렇게 흘러간다.

둘

12.0

이렇게 흘러간다.

너는 슬픈 나날을 보내기 시작한다. '가라앉는' 게 뭔지 알게 된다.

가라앉는다는 건 모든 게

짙은 잿빛으로 느껴지는 거다. 너는 무언가를 갈구하지만 그게 뭔지 도저히 알 수가 없다. 중학교 남자애들은 유치하고, 왜소하고 무례하다. 학교의 여자애들은 남자애들에게 추파를 던진다.

삼촌 오빠가 결혼한다. 금요일에 가족이 다 함께 남부로 가서 결혼식에 참석한다. 오빠는 런던 근처에 사는 예쁜 여자와 결혼한다. 그녀는 문신이 많고 사랑스럽고 다 갖췄지만

결혼식에서 너는 도무지 눈물이 그치지 않는다. 모든 게 끝나버린 것 같은 느낌이 사무친다.

"너는 별종이야." 엄마는 네게 말한다, 자주.
"대체 뭐가 문제니? 이 시커먼 우울은 다 뭐야?"

너는 네 몸의 체온이 떨어지는 느낌을 받는다
항상 피로한 느낌
땀도 너무 많이 흘리고
이젠 씻지도 않는다. 너는 『섹스의 기쁨』을 읽는다
그 남자는 꼭
그리스도처럼 생겼지만 요즘 너는 그리스도를 모르는
체하니까
너는 요즘 사랑을 하고 싶다
너는 섹스를 하면 어떤 느낌일까 상상한다

그리고 직접 알아내야 한다는 걸 깨닫는다.
그래서 아직은 이 땅을 떠날 수 없다.

13.0

하루는

길거리에서 두 건설노동자가 너를 보고 휘파람을 분다.

어이, 섹시한 아가씨!

안녕, 이쁜이!

예전에 느껴본 적

없는 감정이다.

뭔가 따끔거리고 선명한 기분.

힘. 두려움.

13.2

뚱뚱한 느낌

뚱뚱한 느낌

이제 씻지도 않고

느낀다

리틀 루가 말한다,
“난 누나가 뚱뚱하다고 생각 안 해.”
너는 한숨을 쉬고 미워한다
거울 속 너 자신을.

13.9

혹은
시작이 어떠했는지

네 친구의 아빠는
네 다리 길이를 가지고 농담하는 걸 좋아하고
네가 아직 슈퍼모델이 되지 못한 이유를 묻는다.
노력만 하면 큰 성공을 거둘 게 확실하다고 한다.
그가 그런 말을 할 때
그 눈에 떠오르는 표정을 너는 좋아한다.

14.0

네 친구의 아빠가 너를 보고 있다
네 친구의 아빠가 너를 좋아한다. 네 친구의 아빠가 말한다
아니, 얘야…… 이 시간에 걸어서 집에 가게 할 수는 없지.
자전거를 내 차 뒤에 실으렴, 내가
데려다주마. 그 목소리에 사향이 있다. 그렇게 아무렇지
않게, 뭔가 변하고
너는 뭔가 알고
그도 뭔가 알지만
아무도 확실히는 알지 못한다. 너는 거래할 만한 뭔가를
갖고 있고 미안한 마음도 없다. 백미러에 비친 네 친구의
아빠에게 미소로 답해라
당돌한 짓일지 몰라도, 눈길을 피하지 마라. 그가 (또) 너를
집에 데려다주게 하고
네 다리는 끝도 없이 길다고 그가 (또) 말하게 하고 마음에
새겨라—그가 너를 집까지 차로 데려다주는 데 이십 분이
걸린다는 걸

너는 겨우 십 분 거리에 사는데
그걸 기분좋게 생각해라.
그가 네 근처에서 어슬렁거리길 좋아한다는 걸 알아라.
힘두려움에 몸을 맡겨라. 핸드백을 떨어뜨린 척하고
뒷좌석에서 고양이처럼 몸을 쭉 펴라
어둠 속에서 혼란스러워하는 그에게 미소를 짓고
"고마워요"라고 말하고 그가 네 집 문 앞에 차를 대자마자
재빨리 달아나라, 미처 그가
행동하거나 생각할 여유도 없게. 그가 문제를 일으키기 전에.
집안에 들어가서 이상한 기분에 휩싸여라. 그리고 안심해라.
잘못된 종류의 저릿저릿한 감각.
다음번에 그가 집에 데려다준다고 하면 핑계를 대고 피해라.
탱탱한 검은 몸과
젖은, 젖은 입술로
어쩌면
누군가의 아빠가 네 것이 될지도 모른다. 위험한 건 바로
너다.

14.2

테런스를 만난다
엄마의 남자친구
바람을 피우는 것만 빼면 괜찮은 사람
말 상대로도 좋다. 가끔 그가 기분이 좋을 때는, 굉장히
웃긴다. 리틀 루는 테런스 흉내를 기가 막히게 잘 낸다.
가슴을 잔뜩 부풀리고 굵은 목소리로 말한다. 테런스는
언제나 반들거리는 젤로 곱슬머리를 꽉 붙이고 콧수염을
매만진다. 전형적인 악당처럼 콧수염을 꼬아댄다. 리틀 루는
마음만 먹으면 배우가 되고도 남을 것이다. 흉내의 달인.
테런스처럼 무례하게 말하고, 배를 쑥 내밀고 걷는다.
테런스에게는 나이키 운동화가 있다.
너한테도 한 켤레 사준다고 말한다.
테런스는 R&B를 좋아한다. 너는 R&B에 빠지고
비디오에 나오는 여자애가 된 듯한 기분이다.
그리고 깨닫는다
너도
비디오에 나오는 여자애처럼 보일 수 있다는 걸
허리까지 치렁치렁하게 기른 부드러운 머리를

땋아서 네가 뭔가 사랑스러운 물건처럼
보이도록.
리틀 루는 네 모습이 공주 같다고 한다.
너는 집을 나서며 고맙다고 한다. 이제 너는 집안에 남아서 리틀 루와 함께 텔레비전을 볼 시간이 없다. 할일도 많고 만날 사람도 많다. 주류판매점에 가서, 아주 뻔뻔스럽게, 친구들이며 누구든 부탁해오는 사람들을 위해 술을 산다. 실패는 없다. 누구라도 네가 최소한 스무 살이라고 장담할 테니까.
시린 북부의 겨울, 패거리들과 공원 벤치에 붙어앉아 사과주를 마시고, 허튼소리나 찍찍 뱉으며, 담배를 나눠 피운다. 욕을 하고 침을 엄청 많이 뱉는 금발 남자애가 있는데 걔는 너를 쳐다보지도 않는다. 너는 그애와 눈이 마주칠까봐 무섭다.
그러지 않아서 실망한다.
어느 날 밤 그가 술에 취해서, 네 무릎을 베고 눕는다.
"너 꽤 괜찮아, 있잖아, 좀 예뻐.
나는 흑인은 상관없어. 파키*들이 질색이지."

* 파키스탄 이민자.

14.3

옆 도시의 낯선 남자를 위해 벌거벗고 포즈를 취한다
그가 포트폴리오 사진을 찍어줄 수 있다고 한다. 그는 네가
차세대 나오미 캠벨이 될 수도 있다고 한다. 앨릭도. 다른
흑인 아가씨들 그 누구도.
그는 네 코가 "예쁘고 날렵하니까" 잘될 거라고 한다.

굳이 숨기지 않은 엄마의 일기를 읽는다.
엄마는 섹스한 날을 스마일 페이스로 기록한다.
그 외에, 빨간 밑줄을 그은 날들이 있다
보자…… 1월 20일
테런스가 백인 여자와 침대에 있는 모습을 본 날
보자…… 2월 11일
아이들한테 새 안경
보자…… 2월 26일
산부인과

데이비드를 만난다, 엄마의 새 남자친구
그는 엄마 돈을 훔치고
네게 남자애랑 해본 적 있느냐고 묻는다.
데이비드가 엄마와 섹스하는 소리를 듣는다
기묘한 기분이 든다.

〈슈가〉 잡지에서
문제 해결 코너를 찾는다
부모님이 섹스하는 소리가 들려요!
엄마에게 편지를 쓰고 그 페이지를 클립으로 꽂아 엄마 핸드백에 넣어둔다.
한동안 시끄러운 소리가 좀 잦아드는가 싶지만, 엄마는 곧 잊어버린다. 또 그 소리가 시작되고 너는 속이 울렁거리고
관심이 생기지만
속이 울렁거리고
······ 데이비드가 미워!
엄마가 친구 매지에게

데이비드는 잠자리에서 젬병이라고 말하는 걸 듣는다.
기분이 좀 나아진다.

몸안에 피가 한 방울도 느껴지지 않는다
집중하기가 어렵다
수학 때문에 좌절해서 운다
영어를 예습한다
대체로, 표류한다
남자 선생님들의 시선을 너무 오래 마주본다
그들이 반응하는 걸 느낀다
힘두려움을 느낀다
눈썹을 정리한다
그리고
허리춤에서 치마를 말아올린다

레드라이온 펍 바깥에서 데본테를 만난다
그는 이 하얀 도시에서 검은 이름을 지닌 검은 남자다. 너는 숨을 내쉰다. 굉장한 발견이야! 너와 어울리는 상대라니.

데본테는 아름답고, 커다랗고 검은 눈을 가졌다.

신기해, 그가 말한다. 너는 내 동생하고 같은 나이인데

걔는 그냥 애란 말이야.

그에게 네 번호를 준다. 이틀 후

네 방으로 그를 초대한다

낮에, 엄마가 자고 있을 때

그가 네 몸 위로 올라가게 하고,

거의 네 몸 안에 들어가게 하고,

전에

해본 적 있느냐고 물어보는데

해본 적 없다는 사실이 너무 쑥스러워서, 그래서

거짓말을 한다. 그게 실수다.

다 끝나고 너는 아래층으로 내려온다

기분이 엉망이다. 쓰리고/끔찍하고

불타고 있다, 무례한 불에

이런 걸 누가 어떻게 즐기는지 모르겠다

도대체.

나가는 길에 시디 네 장을 훔치는 그를 못 본 척한다.

어차피 데이비드 것이니까
데이비드는

끔찍하다
아프다
앉는 것도 아프다.
네 몸의 냄새가
다르다. 네게서
희한한 향이
뭔가 남자 냄새 같은 게 난다. 그 남자가 네 온몸에
자기 냄새를 묻히고 갔다. 너는 몸살이 난다.
침대에 아주 많이 누워 있다.
루가 가끔 와서 곁에 앉아 있다 간다. 침대 끄트머리에 앉아
만화책을 보며 다리를 달랑거린다. 요즘은 슈퍼히어로가
되고 싶다고 한다.
언제나 거기 그냥 거기 있어준다. 루가 네 이마를 손으로
짚는다.
"누나 아파?" 속삭인다.
조그만 빨간 테 안경 너머의 걱정.

"그런 거 같아. 응."
너는 말하고
벽을 보고 돌아눕는다.

가라앉는다
항상 몸이 으슬으슬하다
삶의 의미가 뭔지 알 수 없는 느낌.
어느 날 밤
네가 욕조에 있는데 엄마가 들어온다.
"당장 일어나." 엄마가 말한다. "거울을 봐
자세히 보라고.
너 죽고 싶어? 미쳤어?
너는 내가 만든 가장 아름다운 작품이야."

가라앉는다. 깊이 가라앉는다.
데이비드에 대해서 기이한 점을 더 많이 발견한다
예컨대
감정 기복

(어떤 날에 그는 정말로 너를 미워한다)

예컨대

젊은 흑인 여자 가수들에 대한 집착

예컨대

쿠키에 대한

집착

케이크와

다른 단것들에 대한 집착

예컨대

네가 우유병 모양의 딸기맛 젤리를 좋아한다는 걸 알고

그는 캐리어 가방 한가득 단것을 사다준다.

다 먹지도 못할 정도로 많이. 이백 개쯤.

예컨대

너와 네 엄마에게 둘 다 얼마나 예쁜지 모른다고

자기는 행운아라고 말하고

그 데본테라는 녀석은 어떻게 됐어?

하며 놀린다.

데본테는 괜찮아 보이던데.

너는

주말에 몰래 집을 빠져나온다.

바에 가서 맥주를 연거푸 들이켠다. 결혼은 했지만

이제는 재미가 없다는 남자들과 말을 섞는다

다 엉망진창이 됐어, 그들은 말한다.

아내는 나를 이해 못해, 그들은 말한다.

애들 때문에 마지못해 사는 거지,

또는

그냥 너한테 뭔가 특별한 게 있어, 그들은 말한다.

그들이 네 몸을 만지작거리는 걸 허락한다

마지막 주문을 받을 때 그리고 또 공원을 지나 집으로 오는

길에. 그들이 네 입안에 혀를 밀어넣는 걸 허락한다

약간 끔찍하지만 (특히 남자가 늙었을 경우)

최악은 아니다. 최악은 아무것도 안 하는 것. 삶이 침몰하게

두는 것.

어떤 이탈리아 레스토랑에서 설거지 일자리를 얻는다

거기 남자들은

산티노, 종업원

마리오, 주인

마르코, 주방장

마르코는 말한다

잘 들어,

나 너하고 데이트하고 싶어.

어떻게 생각해, 마리오가 말한다

나하고 데이트하는 거?

네가 나한테 영어를 가르쳐주면 좋겠어, 산티노가 말한다,

힘두려움에 몸을 맡긴다

그들을 모두 재어본다

마리오는 늙고 뱃살이 툭 튀어나왔고

마르코의 아내가 네게 일자리를 줬는데도,

공원에서 다 큰 남자한테 영어를 가르쳐준다고?

데이비드가 말한다.

너 같은 여자들을 우리끼리 뭐라고 부르는지 알아?

찌르고 간보는 년.

데이비드가 씩 웃는다. 그의 이는 끔찍하다.

소녀와 유리 청소부

이것이 그녀 몸의 전부라도,

177센티미터의 전부라도,

소녀는 자기 몸을 그렇게 인식하지 않는다. 그건 다른 무엇도 아니고 그저

(1) 뜨거운 물건 (2) 달콤하고도 완전한 파괴의 무기 (3) 거의-힘. 보통 때 오는 유리 청소부는 휴가를 떠났다. 새로 온 남자는 쾌활하고 남부 억양을 쓴다. 모음을 느릿하게 끈달까. 좀 다른 말씨, 텔레비전에 나오는 사람 같다.

방금 유리창을 다 닦은 그가 집에 누구 다른 사람이 있느냐고 묻는데

무슨 마음에선지 소녀는 말한다,

"나밖에 없어요. 제가 돈 드릴까요?"

엄밀히 말해 그건 사실이 아닌데도—소녀의 엄마는 야간근무와 주간근무와 야간근무로 위층에서 곯아떨어져 있고, 데이비드는 비디오게임가게에 갔으니 언제라도 문을 열고 들어올 수 있는데. 리틀 루는 거실에서 카툰

네트워크*에 찰싹 달라붙어 있다. 그런 건 하나도 중요하지 않다. 소녀가 긴 손가락으로 땋은 머리 두 타래를 꼰다.

"네 머리 마음에 드는구나." 신호를 알아차린 유리 청소부가 말한다. "정말 예뻐."

"그리고," 그는 말한다. "다른 데도 다 예뻐."

소녀는 일단, 애를 태우고 있다. 부엌 식탁에 앉아 길고 긴 다리를 달랑거린다. 이건 게임이라고 할 수 있다. 그가 유리에 비친 소녀의 상을 볼 수 있도록 도와주는 잔기술.

그가 살랑거리며 다가온다. 서부영화의 카우보이 같다. 힘이 있고 두려움이 있고 둘은 똑바로 마주본다.

그는 반짝이는 눈빛에 능숙하고 놀랄 만큼 준비가 되어 있고, 심지어 부엌에 있으면서도

아무 예고 없이 일이 진행되고 그는 바로 그 자리에서 당장 그걸 꺼내서

노란 콘돔에 쓱 밀어넣는다. 노랑, 소녀는 생각한다. 하, 노랑, 소녀는 생각한다.

어렸을 때 내가 제일 좋아하던 색.

노랑, 소녀는 생각한다.

---

* 영국의 만화영화 방영 채널.

망할, 나도 어린애였어.

노랑

난 아직

어……

그리고 이 모든 게 약간 뜻밖이긴 해도 어쨌거나 소녀는 다 큰 여자다. 이 시점에서, 소녀는 생각한다, 다 큰 여자가 아니면 그게 이상한 거지. 그런데 그 일이 벌어진다, 어쩌면 아프다,

하지만 아무튼. 오래가진 않는다.

부엌 식탁 위에서 그 일이 벌어진다, 이건 이상하다. 대단한 여잔데, 그가 말한다, 만족스럽게, 고개를 흔들며 떠난다.

소녀는 밖에서 자기 자신을 바라보는 제 모습을 봤다고 생각한다,

형편없는 정원에서.

그 남자 꿈에 틀림없이 내가 나올 거야, 소녀는 생각하고 샤워를 두 번 한다.

16.0

여름이다.

그녀는 학교 뒤편을 빙 두른 숲을 딜런과 함께 걷고 있다.
두 사람은 공터의 벤치에 앉는다. 딜런은 학교 뒤편의 단지
출신이고 옅은 갈색 눈동자에 불그스름하지만 빨갛다고
하기는 어려운 머리다. 그들은 키스하기 시작한다,
언제라도, 꼭 이렇게 될 것만 같았으니까. 그녀는 그의 바지
지퍼를 내린다, 원래 그러는 거니까.
거기 키스해, 그가 말한다, 그래서 그녀는 키스한다. 하고 또
하고
그가 끝장을 볼 때까지 한다. 그는 그녀에게 고맙다고 한다.
그녀는 힘과 섹스를 느낀다, 자기가 창조된 이유를 이제
알 것 같다. 집에 오니, 데이비드가 밍밍하고 형편없는
파스타를 만들어놨다. 형편없는 초록색 페스토로.
집에 오니, 데이비드가 어디 갔었느냐고 묻는다.
그녀는 말한다,
"학교요."
그리고 그가 무섭게 노려보며 말한다,

"정말로. 학교란 말이지.

정말로."

"그만 좀 내버려둬, 데이비드. 제발 좀."

엄마는 쌀쌀맞게 면박을 주고, 녹초가 된 채

일하러 간다.

우리 뭘 좀 같이 하자

데이비드에게는 친구가 있다, 피터,

비디오가게에서 일하는 영화감독. 피터는 위트가 있고 흰머리가 있고,

배가 두둑하고, 눈은 초록색이다. 그는 데이비드가 얼마나 바보인지 꿰뚫어본다.

분명히 데이비드는 종일 비디오가게 근처를 얼쩡거릴 테고 모든 남자들이 그의 뒤에서 비웃어대겠지.

분명히 데이비드는 텔레비전에 나오는 웬만한 가수보다 노래를 잘하고 언젠가 반드시 유명해질 의붓딸을 동네방네 자랑하고 다닐 테지.

어느 날 밤 피터가 엄마와 데이비드를 만나러 집에 온다.

그들은 다 같이 거실에 앉아

시끌벅적하게 웃고

프링글스를 먹고, 화이트와인을 마시고 디브이디를 본다.

피터는 네게 레코드회사에 보낼 데모 시디를 만들어줄 수 있다고 말한다.

너는 스튜디오에 간다.

너는 피터를 위해 노래를 부른다. 토니 브랙스턴과 휘트니 휴스턴과 데저레를

가라오케 반주에 맞춰서.

"네 목소리가 정말 마음에 들어." 피터가 말한다. "그리고 내가 너한테 일을 좀 줄 수 있을 거 같아.

정말, 정말로. 우리 뭘 좀 같이 하자."

자식은 없지만, 그는 누군가의 아빠처럼 생겼다. 너는 그런 타입을 안다.

눈가는 친절해 보이고,

삶으로 다져진 몸. 너는 노래를 짓고 부른다. 피터는 멋지다.

거의 매일 너를 데리고 외식을 한다. 치킨과 감자튀김을 사주고

공연 예술과 심리학,

영어 수업에 대해

네가 불평을 하면 잘 들어주고

네게 말리부 앤드 콕,

혹은 바카디 앤드 콕,

혹은 마티니 앤드 레모네이드를 사준다. 너는 어느 날 스튜디오 작업을

마친 뒤

피터의 자동차 뒷좌석에 타고

먼 길로 돌아온다.

다음날

너는 네 침실에서 엄마와 이야기를 나누고 있다.

네가 입고 있던 옷을 그녀가 집어드는 걸 본다,

붉은 셔츠 원피스

이제는 등 쪽 안감에 죽죽

은빛 유니콘 색으로 얼룩이 생겼다. 마술.

너는 엄마가 그 옷을 침대에 다시 내팽개치는 걸 본다.

"이게 다 뭐니?" 엄마는 말한다.

"이게 다 뭐냐니?" 너는 말한다.

너는 완전히 겁에 질려 있지만, 감히 두려움을 내비치지 못한다.

엄마가 화제를 돌리자 너는 안심한다.

그리고 이게 다 자동차에서 애무를 좀 한 탓,

사정射精을 좀 하고

거의-섹스를 좀 한 탓이다

이게 다 네가 외롭고-정력적일 때 저지른 무슨 엉터리 짓거리 때문이다. 별빛으로 가득하고 말리부와 바카디와 레모네이드와 마티니와 콜라로 가득해서, 그리고 이게 다 네가 곧장 집으로 돌아와 잠자리에 드는 것으로 초능력을 낭비하고 싶지 않았기 때문에,

그런 것들 때문이다

피터는 낚였다. 뭔가 시작하고 싶어한다. 정말로 너를 (아니면 뭔가를) 사랑한다. 곁눈질로 너를 하염없이 응시한다.

맙소사.

피터는 데이비드가 씨

발

놈

이라고 생각한다. 그리고 데이비드와 친한 사람은 다 씨

발

놈

이란다, 뭐. 그들은 너를 이해한다.

피터는 너를 사랑한다고 말한다. 정말로 사랑하는 것 같다고 말한다. 아, 뭐, 잘됐네. 그런 사람도 있어야지.

피터는 대체로 너를 호텔로 데리고 가고 (파랑과 흰색 로고의 그 트래블 로지*)

너는 평일에 식스폼 컬리지** 수업을 빠지고, 퍽퍽 박고 와인을 마신다.

---

* 영국의 저가 호텔 프랜차이즈.

** 영국에서 16~19세의 학생이 대학 진학을 준비하며 고등교육을 받는 교육기관.

17.0

문제는, 모델 에이전시의 헤드 매니저가 말한다, 얼굴을 찌푸리며,

우리는 네가 눈부시게 아름답다고 생각해. 그럼, 우리는 네가 눈부시게 아름답다고 생각하지.

하 지 만

너는 패션 일을 하기에는 가슴이 너무 커. 몇 킬로그램 빼면 좋겠네. 너를 광고 파트에 넣으면 참 좋겠는데 그러기에는 네 외모가 좀 강할 수도 있고. 여기는 맨체스터란 말이야, 알겠어? 런던이 더 힘있는 시장이긴 한데, 그러려면 너 정말 거기서 자리잡고 살 각오를 해야 해. 그리고 그쪽으로 내려가면 진짜 신체 치수에 엄격하단 말이야. 하지만 우리가 힘을 써서 좀 도와줄 수야 있지. 아무튼, '흑인 여자애들'한테는 영 쉬운 일이 아니야. 리스트에 다른 애가 있으면 널 데려가진 않겠지. 난 그냥 솔직하게 말하는 거야, 알지?

그녀는 금발의 단발머리를 이리저리 젖히며 별로 중요한

얘기 아니라는 듯 이런 말들을 늘어놓고 있다. 자기가 말하는 게 내 인생 전부가 아니라는 듯. 나는 이 도시를 벗어나야 한다. 내 삶은 달라져야만 한다, 나는 경력이 필요하다. 할머니와 할아버지와 엄마와 데이비드로부터 멀리 떠나야 한다. 나는 아무것도 제대로 할 수 없다. 나를 이해하는 단 한 사람은 리틀 루다. 엄마와 데이비드는 허구한 날 싸운다. 나는 탈출구가 필요하다. 견고한 도피처가 필요하다. 나는 날마다 하루종일 패션 방송을 본다. 모델들은 이슬처럼 촉촉하고 길고 마르고 은은히 빛난다. 나는 줄어들려고 별짓을 다 해본다. 다이어트 콜라를 마시고 샌드위치에서 빵을 벗겨내고 밥 대신 자메이칸 워터 크래커를 먹는다. 추잉껌을 씹으면 몸이 먹고 있다고 착각한다는 얘기를 듣고는 틈만 나면 무설탕 껌을 산다. 뉴욕시립발레단 트레이닝 비디오를 날마다 하루도 빠짐없이 따라한다.

항상 춥고 항상 졸리지만 내 등은 여전히 깊은 곡선을 그리고 내 유방은 아무데도 가지 않는다. 걸을 때 엉덩이를 흔들지 않으려고 노력해봐, 에이전시의 여자애들이 말한다. 너는 네 몸이 아니라 옷을 모델링하는 거야. 그 아이들은 자기들이 무슨 말을 하는지도 모른다고, 피터가 말한다. 피터는 자기가 아는 어떤 남자가 옆 도시의 어떤 남자를 안다고 말한다. 머지않아 나는 작은 옷 브랜드의 상품 박람회에 나가고 지역 카탈로그 촬영을 하게 된다.
내가 대학에 지원하지 않겠다고 하자 엄마는 배를 세게 얻어맞은 표정이다. 대학에 뭐 하러 가? 내가 말한다. 나는 노래해. 나는 춤을 춰. 나는 이제 배우고 모델이야. 학교 안 다녀도 다 할 수 있는 일이야. 내가 잘하는 건, 학교에서 배울 수가 없는 거야, 엄마. 내 말이 어떻게 들릴지 깨닫지만 신경쓰지 않는다. 식스폼 컬리지에서 나는 이미 아무와도 어울리지 못하는 고립된 존재였다. 나는 그애들의 아빠 나이인 피터와 사귀고 있었으니까. 자기 없이 나 혼자 외출하면 싫어하는 남자. 나는 커다랗고 검고 때 이르게 늙은 느낌이 든다. 다른 열일곱 살짜리들은 아무도 나처럼 보이지 않는다. 나는 아담하지도 않고 가볍지도 않고, 내 머리칼은 제멋대로 이상한 짓들을 하니까. 피터에 대해 아무와도 얘기할 수가 없다. 그건 날카로운 칼날이 달린 비밀이다,
두툼한 톱니모양의 짐이다.
엄마는 아무것도 모르는 척한다. 엄마는 안다,

나는 엄마가 안다는 걸 안다. 엄마는 자기가 안다는 걸 내가 안다는 걸 안다.
엄마는 한두 번 그 주제를 에둘러 피해간다. 우리는 어여쁜 춤을 춘다.

"네 인생에 영향을 주는 결정들은 하지 않으면 좋겠어"라고 엄마가 말하고 있다.

"아직 남자친구는 없니"라고 엄마가 묻고 있다.

데이비드는 집안에 감도는 긴장감에 좋아 죽는다. 나한테 끔찍하게 못되게 굴고 엄마한테 잘하거나, 거꾸로 엄마한테 끔찍하게 못되게 굴고 나한테는 잘하거나, 자기 마음 내키는 대로 할 수 있다.

"교육을 받아. 얼굴만 팔아서는 한계가 있다니까, 아가씨."
그는 내 얼굴에 바짝 다가들며 윙크를 한다.

씨발.

17.5

저 남쪽 멀리 어딘가, 런던 근처지만 약간 못 미친 곳에서,
나는 휘트니 휴스턴 커버 곡을 부르는 중이고
빛을 받으면 반짝이는 스팽글이 달린 길고 딱 달라붙는
드레스를 입고 있다. 피터는 내 반주곡들을 챙기고 가끔은
피아니스트를 고용한다. 내 머리는 파마를 해서 어깨에
닿는다. 나는 옛날의 엄마를 많이 닮았다. 만성피로에
찌들기 전의 엄마를.
컬리지는 얼추 끝났다. 이제 거의 자유다. 나는 술을 마신다.
더블 위스키 앤드 콕, 바카디 앤드 콕을 마시고 피터는
가게에서 제일 좋은 생맥주를 마신다.

저 런던 남부는 아니지만
거기서 약간 못 미친 곳에서, 공연을 끝내고 피터와 함께
펍에 앉아 있으면 벌거벗은 금발 여자가 빈 파인트 맥주잔을
들고 걸어다닌다. 남자들이 그 안에 파운드 동전들을

넣는다.

저 여자 괜찮네, 피터가 말한다, 하지만 나는 그전에 갈색 머리 여자가 훨씬 더 좋아. 더 자연스러워. 이번 여자는 너무 마른데다 가짜 가슴은 내 취향이 아니야.

알아, 내가 말한다. 알아.

저 위 북쪽에,

집 근처 어딘가지만

충분히 멀리 떨어진 곳에서

음악이 시작되면 젊은 여자가 춤을 추고, 남자들은 음탕하게 곁눈질한다.

저건 내가 더 잘할 수 있는데, 내가 말한다.

그래 하지만 너는 저런 게 되고 싶진 않잖아,

피터가 말한다.

이 일과 관련해서 무슨 일들을 겪을지 상상해봐. 내 말은, 저 여자 머릿속에 무슨 생각이 스쳐지나가겠냐고?

당신 생각은 안 할걸, 이라고 나는 말하고 싶다.

저걸 봐, 피터가 말한다, 코웃음을 치면서. 그의 입꼬리가 일그러져 올라간다.

전부 다 보이잖아, 그가 말한다,
심지어 핑크색까지.
그러려고 돈을 냈잖아, 내가 말한다,
자기도 공모한 거야. 그런데 왜 불평해?
또 말다툼을 하지는 말자, 피터가 나를 노려보며 말한다. 그 얼굴이 그렇게 못생겨 보인 건 처음이었다.

나중에, 섹스를 하고 나서, 그가 내게 자기가 찍은 영화를 보여주는데 나는 볼 수가 없다. 누가 내 배를 주먹으로,
거듭, 거듭, 때리는 걸 보는 기분이다.
내가 가끔 나 자신을 다른 장소에 데려다놓는다는 걸 깨달았다. 끔찍한 펍에서 소녀들이 춤을 출 때 가는 곳이 그곳일까? 언젠가 다른 차원에서 그 여자애들을 만나면 좋겠다. 짐승들을 놓고 수다를 떨 수 있을 것이다.
우리에게는 짐승들이 너무 많고
대체로, 그 짐승들이 세상을 지배하니까.

18.0

데이비드와 엄마는

싸우고 화해하고

싸우고 또 화해한다.

리틀 루는 중학교에서 체스 클럽을 시작한다.

그애는 면도날처럼 예리하고 거의 열네 살이 다 되었고,

모두를 이긴다, 심지어 어른들도. 네가 작은 말들을

보호하려 애쓰는 사이 그애는 너의 퀸을 잡을 것이다.

그애는 분석적이고 창의적인 두뇌를 가졌어, 피터가 말한다.

마음만 먹으면 크게 성공할 거야.

피터는 네게 날마다 너와 함께 있고 싶다고 말한다.

피터는

네가 쇼핑하러 나간 사이 여섯 번이나 전화를 하고는 "그냥

어떻게 지내나 싶어서" 그랬단다.

피터는 자기가 세상과, 남자들로부터

너를 보호하고 있다고 믿는 눈치다.

피터는 네가 추파를 너무 많이 던지고

낚시를 한다고 한다.
데이비드는 뭔가를
의심한다. 데이비드는 화를 낸다. 그리고
특유의 소름 끼치는 말투로
"내가 질투해야 할 일이 있는 거냐?"고 한다.
엄마는 모든 걸 본다, 아무것도 묻지 않는다. 출근을 하고
퇴근을 하고 잠을 자고 출근을 하고 퇴근을 하고 잠이
부족한 삶을 꾸역꾸역 이어간다. 데이비드는 단것들을
서랍에 넣고 잠가둔다……

초콜릿 칩 머핀, 비스킷, 제이미 다저스*, 층층이 끝도 없이
쌓인 자파 케이크**—
그리고 아무도 못 먹게 한다. 점점 더 괴상하게 행동한다.
마샤의 신용카드로 만화와 케이크와 시디를 사고,
케이크를 또 산다. 수백 수천
파운드어치의 똥이
자물쇠로 잠근 찬장 속에 있다.

---

* 영국의 비스킷 과자 상품명.
** 영국의 케이크 과자 상품명.

너는

음식을 1200칼로리로 줄이고

음식을 1000칼로리로 줄이고

피터와 어떻게 되어가는지 아무한테도 말하지 않는다.

그는 약혼을 원한다. 아 맙소사.

그는 말한다, "너 살이 너무 많이 빠지고 있어.

먹어. 제발 좀 먹어."

하지만 네 골반 뼈는 세상 그 무엇보다 현실로 느껴진다

두 개의 트로피가

네 측면에 버티고 서서 너를 똑바로 세워주고

네게 고마워, 고마워, 하고 말한다. 우리는 네 부단한 노력을

사랑하고 아무튼,

너는 피터를 불쌍하게 여기지만

끝내고 싶어한다.

너는 뭔가 필요하지만, 무엇이 필요한지 모른다.

너는 세상의

다른 좌절한 사람들과 채팅을 할 수 있는
인터넷 사이트들이 있다는 걸 알아낸다.
피터가 말한다, "그런 거 얼마든지 해도 좋은데, 나는 꼭
끼워줘야 해."

lycos.com에서
너는 만난다,
아이샤를. 키가 크고
페르시아 사람이고
긴 머리에
너무 아름다워서 차마 눈 뜨고 바라보기도 힘든 그녀.
"저 사람이 네 남자친구야?" 아이샤가 피터 쪽을 가리키며
묻는다. 너는 고개를 끄덕이지만,
사실이 아니길 바란다.

너는 책을 쓴다
반짝이는 긴 머리에 평범한 가정이 있고
결혼과 직장 문제와

약간의 레즈비어니즘으로 고민하는
중산층 백인 여성 네 명에 대한 책.
너는 그 책 제목을 '신나는 회전목마'라고 짓고, 출판사들은 모두 이렇게 말한다. "노력은 가상한데 우리가 찾는 건 그런 게 아니에요."

너는 곡을 쓴다
그걸 녹음한다
아무것도 되는 게 없다
아무것도 되는 게 없다
너는 아마 레즈비언일 것이다.
너는 여자들을 생각한다.
한순간도 빠짐없이 늘상. 한순간도 빠짐없이 늘상.

alt.com에서
너는 만난다
캐린을
"있잖아, 내가 그 사람 거세시킬 거야." 그녀는 자기 남자친구 얘기를 한다(그는 바깥 주차장에서 미니밴을 타고 기다리고 있다).

"그래, 이제 다 준비해놨어. 그 사람도 괜찮대. 우리는 찬찬히 단계를 밟아가고 있어."

너는 웃음을 터뜨린다. 그러나 그녀는 정색한다.

"아냐, 나 진지해." 그녀가 말한다. "진짜 진지하다고. 우리는 정말 오랫동안 거세를 준비해왔어. 그렇게 하는 사람이 얼마나 많은데, 온라인에서도 마찬가지고. 이건 우리 관계에서 내가 철저히 통제권을 갖고 있고 마틴이 거기에 복종한다는 걸 보여주는 일이야. 기다릴 수가 없어. 우리한테는 정말로 흥분되는 일이 될 거야. 일종의 정점이랄까. 우리의 역학을 어마어마하게 향상시킬 거라고, 알겠어?"

"너도 우리랑 같이하면 좋겠어." 그녀가 말한다. "하룻밤 잡아서 재미를 좀 보자. 꼭 마틴이 보거나 참여하지 않아도 돼. 마틴은 다른 방에서 듣기만 해도 돼, 네가 그게 좋다면 말이야. 그러면 마틴은 제대로 돌아버릴걸.

하하.

마틴이 좋아서 죽을 거야."

아, 나 너한테 주려고 이거 가져왔어, 그녀가 배낭에서 꾸러미를 하나 꺼내며 말한다.

열어봐. 발가락 반지야.

다음번에 온라인에서 네가 말을 걸자, 그녀가 말한다.

"나 너랑 사랑에 빠졌나봐. 정말이야, 사랑해."

18.5

너는 피터와 동거를 시작한다.

마샤가 와서 보고 땅이 꺼져라 한숨을 쉬며,

네게는 아무 말도 하지 않고 그저

“할머니와 할아버지는 네가 인생을 망치고 있다고

생각하셔”

라는 말과

“데이비드 때문에 귀찮아 죽겠어”

라는 말과

“너 이 집 참 잘 꾸몄다. 정말 깔끔해”라는 말만 한다.

너는 천장에서 바닥까지 집을 청소한다, 자주.

너는 린퍼드네 집의 부엌 바닥을 떠올리고 부르르 떤다.

너는 너만의 규칙을 만들고 너만의 집을 가지게 되고,

이제 모든 것을 정확히 네가 원하는 대로 할 수 있다. 붉은 집은 없다. 끔찍한 이도 없다. 기름으로 떡칠한 콧수염도 없다. 그냥 너와 소독약과 칼로리 계산과 섹스뿐이다. 그냥 너, 청소, 표백제,

피터뿐.

그리고 네가 할 수 있는 일은 고작 헤어지기뿐이다.

헤어지기.

어느 날 밤 술에 취해 들어온

피터에게 집을 나가겠다고 말하기.

그가 문을 쾅, 하도 세게 닫는 바람에, 경첩이 떨어질

뻔한다. 너는 그 집을 나온다.

셋

루는 쥐여만 주면 무슨 악기든 연주할 수 있다.
그렇게 뛰어난 재주. 순수한 재능. 드럼 치기도 정말 좋아하지만 학교에서 얌전히 앉아 있지를 못한다. 집중력 부족.
학교에 오지 않았어요, 그들은 말한다. 질 나쁜 친구들과 어울려요, 그들은 말한다.
아니 어쩌면 그애가 질 나쁜 친구인지도 모르죠, 그들은 말한다.
어느 쪽이든 이젠 끝을 봐야 한다.

엄마가 전화한다. 루가 피아노 레슨은 더이상 가지 않고

길모퉁이에서 어슬렁거린다고.

엄마가 말한다,

"그애한테서 냄새가 나. 바깥 냄새."

엄마에게서 전화가 온다. 엄마가 말하길 루가 크리켓 배트를
휘둘러 거실 문에 구멍을 냈다고 한다.
엄마는 울기 일보 직전이다. "마약인 거 같아."
그녀가 말한다.
"약이 애를 망치고 있어. 애가 변하고 있단 말이야. 이제
학교에도 안 가겠대."

엄마에게서 전화가 걸려온다.

"권총,"

그녀가 말한다

"내가 방금 구경 9밀리미터짜리 권총을 쓰레기통에 버렸어!

와서 네 동생 좀 데려가. 맹세컨대 내가 개를 죽이든지

쫓아내든지 하고 말 거야.

난 도저히 못하겠다. 진이 다 빠졌어. 엄마 아무래도 몸이 영

안 좋아."

대신에 너는

맨체스터로 간다,

재미있고 음침한 곳,

샐퍼드에 있는 원룸으로 이사한다. 일주일에 오십 파운드,

공용 화장실.

거의 날마다 레드와인을 한 병씩 마신다. 피터가 술로

나날을 보낸다는 풍문을 전해듣는다.

사랑한다

맨체스터를. 낮에는

통유리 빌딩의 사무실에서 아르바이트를 하고

밤에는

외출한다, 약에 취해.

98번 블루스

바깥은 씨발더럽게추운 밤

그리고 아무리 봐도 하늘에 별 한 개 보이지 않아

하지만 아무 문제 없어, 너만의 별을 만들면 되니까. 딱 이런 가사의 노래가 하우스뮤직 차트에 있다. 너는 나중에 그 노래에 맞춰 춤출 것이다. 너는 문 뒤 벽에 걸린 기다란 거울에 네 모습을 비춰 본다. 오늘밤 너는 머리에서 발끝까지 새 옷을 쫙 빼입었다,

짧고 몸에 딱 붙는 보라색 드레스

그리고 검은 하이힐. 너와 마주보는 저 사람은 꽤나 멋져 보인다. 네가 그녀가 아니라면 반드시 그녀가 되고 싶은 마음이 들 정도로. 텔레비전을 끄는데 네 뱃속이 불안하게 요동친다. 너는 문을 잠그고 질색하는 분홍색 복도를 지나고 갈색 카펫이 깔린 층계를 내려가 밤으로 나간다. 너는 샐퍼드의 좋은 동네에 산다. 축구장 근처의 고급 주거지역, 샐퍼드가 프레스트위치로 바뀌기 바로 직전, 거리 끝에 유사 튜더양식의 주택들이 늘어선 곳에.

땅에는 살얼음이 얇게 깔려 있으므로 그런 힐을 신은 너는 조심해서 발을 디뎌야 한다. 네 숨결이 검푸른 공기 속에서 성긴 덩굴마냥 피어오른다. 섈퍼드를 가로지르는 이층버스가 십오 분도 안 되어 도착한다, 이런 날씨에는 천운. 여전히 혼자 흥얼거리며, 높은 데서 거리를 내려다보려고 이층 맨 앞줄에 앉는다. 한 방향으로 곧게 난 도로를 쭉 달리면 맨체스터 도심이 나온다. 학교 운동장을 지나자 길 양쪽으로 고층건물 단지가 나온다. 양쪽 단지의 사람들은 항상 격한 분쟁 상태고, 주민들은 이 건물, 혹은 저 건물에서 자랑스럽게 만세를 부른다. 뉴스에 나오지 않는 날이 없다. 두 단지를 가르는 경계는 주 도로, 뉴스 가판대, 마권 판매점과 양쪽으로 높이 둘러쳐진 철조망뿐이다.

미술관을 지나고

아폴로 콘서트홀을 지나고

잔디가 꽁꽁 언 공원을 건너, 신축 경찰서와 공터들을 지나고, 신호에 걸린 또다른 버스가 네가 탄 버스 옆에 서는데,

그 버스 위층에 친구들과 함께 앉아 있는 소년이 네게 손 키스를 날린다. 너는 소년을 더 또렷하게 보고 싶어 장갑을 낀 손가락으로 창문에 서린 김을 닦는다. 너는 소년의 일행

모두에게 손을 흔들어준다.

너는 들뜨기 시작한다

너는 신이 나기 시작한다

딘스게이트 록스*가 있는 중심가까지 이 분쯤 남았다.

몸속의 흥분이 느껴진다, 그

요동

뜨거운 기쁨의 눈물 방울

사물의 초점이 흐려진다.

너는 뭔가 씹을 것이 필요하다.

앞으로 몸을 기울이고 입안에 든 딸기맛 껌을 시끄럽게 터뜨리며 맞은편 2인 좌석에 앉은 남자에게 묻는다, 저 아래 수면으로 색색의 불빛이 비치는 광경이 지금까지 본 것 중 가장 아름다운 광경 아니냐고. 남자는 대답이 없다. 네 옆의 여자도 네 말을 못 들은 척한다. 상관없다. 너는 이제

슈퍼스타처럼 찬란하게 반짝이는 기분이 드니까.

록스에 도착해서 바에 들어가자 너의 새 친구 폴레트는

---

* 맨체스터의 클럽과 펍이 밀집한 구역.

이미 와 있다. 어쨌든, 여기가 그녀의 동네, 불과 두 달 전 두 사람이 만난 바로 그곳이니까. 여기는 올 때마다 음악이 좋아진다.

너는 감전된 듯하다. 머리가 어질어질하다

땀을 흘린다

비트가 네 뼛속까지 들어온다.

너는 흔든다

머리부터 손끝까지,

느낌이 온다,

하이힐에도 느낌이 온다,

심지어 발바닥마저 행복하다. 다른 친구들이 보이지 않지만

그들에게 별일은 없을 거라는 확신이 든다,

곧 만나게 될 거다. 그곳은 발탁되기를 기다리는 사람들로 가득하다.

모두 모이면 이제 클럽에 가야 한다. 폴레트가 너를 보고 웃는데,

누가 봐도 너는 벌써 한 알 털어넣은 게 분명하기 때문이다.

"한 알 더 하자." 그녀가 말한다. "여기 아직 사람 없잖아."

비트가 꼭 맥박 같다.

네 안의 모든 것이 소중하게 흐른다. 할말이 너무너무 많다. 너는 폴레트에게 말한다. 너를 얼마나 사랑하는지 모르겠어. 이혼이며 네 어린 아들의 양육권이며 다 잘될 거야. 폴레트는 키득키득 웃으면서,

너 제정신이 아니구나, 하고 말한다. 너는 그 말에 반박할 수 없다. 너는 새 친구 칼이 사람들 한 무리와 이야기하는 모습을 본다. 너는 그에게 키스한다. 둘이 서로 그렇게 좋아하는 것도 아니면서, 전혀 좋아하지 않으면서, 하지만 오늘밤은

오늘밤은

그의 혀에서 버번 앤드 콕 맛이 난다.

어지러운 위장, 이 황홀경. 너희는 서로를 보며 웃어댄다. 그의 얼굴이 일그러지는데 네 얼굴도 틀림없이 그렇겠지, 네 앞니가 아랫입술을 악무는 느낌이 드니까. 내일이 되면 아플 것이다. 너를 둘러싼 사람들이 빙글빙글 휘몰아친다.

"우리는 우리 나름의 별들을 만들 수 있어"라는 가사에 맞춰. 네 왼쪽으로 폴레트가 빛의 웅덩이 속에서 춤을 추고 있다.

너는 루에게 전화를 걸어 말하고 싶다,

네 물건 다 챙겨서 맨체스터로 이사와. 엄마와 데이비드에게서 멀리멀리 떨어져. 우리 원룸에 같이 살면서 영화 각본을 쓰거나 뭐 그러자. 뭐 그런 거 하자.

모르는 사람과 대화를 하다가, 너는 잊어버린다, 순간적으로, 저 사람들이 정확히 무슨 얘기를 하고 있었는지.

미안해요, 뭐라고 했죠?

그러자 그들은 웃으며 말한다,

내가 아니라 그쪽이 얘기하고 있었잖아요.

이럴 때가 있다. 자주 있다.

이럴 때가 있어요, 너는 말한다. 아, 가끔 이래요. 자주는 아니고 가끔. 아니 늘 그러는 건 아니지만, 자주.

씨발, 그들은 말한다. 당신 말하는 게 꼭 시詩 같네요.

시인님, 오늘은 무슨 약을 하신 거죠?

벌써 그 시간이다.

시리디 시린 공기가 찜통 사이로 밀려들고

모두가 서둘러 나가는 시간. 갑자기 흐름이 뚝 끊기자 모두들 이제 어디로 갈까 걱정하고 있다.

약에 취한 채 혼자 집에 갈 수는 없다. 네 주위 사람들은 친구의 친구의 친구네 집에서 파티를 계속하기로 하는데

(아주 조금이긴 하지만)

절박함이 느껴진다.

너는 누가 술값 영수증에 끼적인 주소를 받아 몸을 추스르고 그 공지된 장소로 간다.

애프터파티는 도시 전체를 내려다보는 새 건물의 아파트에서 열린다. 하드우드 마루, 날카로운 모서리와 최신 크롬 가전제품이 있는 괴로우리만치 현대적인 그런 아파트. 거실은 탁 트여 있고 모든 게 너무 하얗고, 너무 무균 상태라 한가운데 빌어먹을 수술대나 치과 의자가 놓여 있다 해도 전혀 놀랍지 않을 것 같다. 너는 큰 소리로 이렇게 말하지만 뭔가 말실수를 했는지 누가 킬킬거린다. 아주 약간 속이 뒤집히려 하는데 마침 다른 누가 또 한 알을, 분홍색 하트 모양 약을 권한다. 폴레트가 제일 좋아하는 약이다.

폴레트는 어디 있지?

두 시간 그리고

너는 바깥이 밝아지는 걸 멈추기 위해서라면 못할 일이 없다. 이 시간은 언제나 너무 빨리 온다. 일요일이라니 끔찍하다. 너와 똑같은 생각을 하는 다른 사람이 있는 게 틀림없다, 왜냐하면 누군가 모든 걸 위협하는 새벽빛이 흘러드는 커튼 틈새를 닫으려고 애쓰고 있으니까. 만사가 시들해지고 너는 지금, 여기로 다시 추락하는 너 자신을 느낀다.

끔찍한 지금, 여기로.

너의 새 친구는 주방에서 보드카 술병에 처박혀 있고, 너도 넋이 나간 채 함께 마신다.

하지만 반의반 병을 마시고 그는 서둘러 집에 간다

애엄마네 집에서 애들을 데려와야 해, 그는 말한다. 파티를 망치는 이유치고 참 대단하기도 하지.

너는,

여전히 마시고 또 마시고,

이상하게 정신이 번쩍 들고, 정신이 끔찍하게 맑고,

그리고 더이상 아무도 알아보지 못한다. 다들 어디 갔지?

스테레오 스피커가 트랜스뮤직*을 팡팡 틀고 있다. 트랜스에는 도저히 몰입이 안 된다. 지금은 전혀.

두 사람이 앉아 있다, 깨어 있지만 움직임 없이. 한 사람이 식탁 밑으로 기어들어가 몸을 단단한 공처럼 구부린다. 아무도 주의를 기울이지 않는다.

보드카 때문에 마음이 차분하다. 황홀경은 이미 오래전 몸에서 빠져나갔다. 새로운 마비감이 느껴진다. 묵직하다. 술 때문일 것이다. 이제 별다른 느낌이 없다. 그래도 최근 '현실의 삶'에서 느끼던 것보다는 낫다.

요즘 너는 너무 심하게 자주 운다.

예를 들어

주초에 슈퍼마켓에서 온갖 봉투를 들고 집으로 걸어오는데 팔이 끊어지게 아팠고, 문득 가시호랑나무 덤불의 빨간 열매가 눈에 들어왔는데 갑자기 우리가 필터를 통해 세상을 보고 있고

---

* 몽롱한 분위기의 전자 댄스 음악.

그 필터가 온통 비뚤어져 있다는 걸 의식하게 되었던 때.

'뭔가 나쁜 게 여기 있다.'

파티에 왔던 사람들이 줄지어 택시를 타고 집으로 간다.

너는 같은 방향으로 가는 차에 뛰어올라탄다.
중심가까지만 가면 된다.

차 안에서, 아무도 아무 말이 없다. 아까 식탁 밑에 들어갔던 남자는 손에 머리를 묻은 채 조수석에 앉아 있다.

목은 바짝 마르고 입안은 저릿저릿하고

쓰리다.

똑바로 생각할 수가 없다

하지만 집으로 가는 버스를 타면 금세, 다 괜찮아질 것이다. 사람들은 아 너무나 차분하게 각자의 삶을 살아갈 테고 만사의 헛됨이 네 머리를 죽도록 아프게 하겠지.

내일 이맘때면 너는 맨체스터에서 가장 높은 통유리 빌딩의 이십삼층 복사기 옆에 서서 다시 너 자신과 다른 모든 이에게 모든 일을 잘해내고 있는 척하겠지, 또다시 바깥의 새파란 시린 공기와 눈 덮인 건물들과 분주한 도로를 내려다보고 있겠지,

또다시 탈출을 갈망하겠지. 너는 슬럼프를 방지하기 위해 블랙커피/브라운슈거를 엄청나게 들이켜며 다시 시간이 흘러가기만을 바라겠지.

너는 그들에게 말한다,

저기 불빛 있는 데 내려줘요, 여기서부터는 버스를 타고 갈 테니까.

너는 98번을 탄다

너는 98번 버스를 탄다

너는 98번 버스를 탄다 비틀거리며

너는 98번 버스를 탄다 비틀거리며 그리고 자리에 앉는다. 작은 금발의 여자가 어린애 둘을 데리고 올라와 네 앞자리에 앉는다. 너무 시끄럽게 떠든다, 정말 너무 시끄러워.

천천히 숨쉬어. 더 천천히 숨쉬어, 하지만 과호흡은 안 돼, 그러면 끝장이야. 쓰러지지 마. 여자가 뒤를 돌아보고 너를 위아래로 훑어보더니 아이들을 자기 쪽으로 더 꼭 당겨 앉힌다. 그녀가 무엇을 보는지 너는 잘 모른다. 그녀도 한때는 젊지 않았던가? 적어도 너는 98번 버스를 타고 남들을 평가하지는 않는다.

너는 정말로 샤워가 필요하다. 욕실에 온수가 남아 있기를 바란다. 집에 가면 침침한 조명에 낡은 원룸, 여섯 명이 같이 쓰는 욕실 말고 다른 뭔가, 다른 누군가가 있기를 바란다. 그러나 너는 네가 지불한 일주일에 50파운드만큼 누리는 법이다.

가라앉으면 안 돼, 너는 혼잣말을 한다.

가라앉으면 안 돼.

정신 차려, 너는 계속 말한다. 그리고 아무도 보지 마, 안 그러면 편집증이 발동할 거야. 바닥에 추잉껌이 들러붙어 있는데 분홍색이고 씨발 역겹다.

좌석에는 온통 세균들이 우글거리고, 번식해서 점점 더 많아진다. 짝짓기. 생각해

다른 걸. 지금. 바로 지금. 네 피부에 거미가 기어다니는 느낌이 시작되기 전에.

리틀 루.

루는 지금 뭘 하고 있을까?

가서 전화를 한대도,

네가 무슨 쓸모 있는 말을 해줄 수 있을까?

너는 전화하지 않는다.

버스가 마침내 네가 내릴 곳에 멈추면

너는 한참 아무것도 못 먹겠다는 생각을 한다.

숨쉬는 일에 너무 많은 노력이 든다는 생각을 한다. 기절하고 싶다, 침대에서.

술을 마시고 싶다. 조금이라도 순조롭게 지나갈 수 있게 술을 마시고 싶다.

너는 발을 질질 끌며 뉴스 가판대를 지나다가, 유리창에 비친 구부정한 네 몸을 얼핏 본다. 네 입은 안팎이 다 헐었다. 네 입술은 갈라지고 물집이 잡혔다. 네 눈은 시커멓고 그 일이 또 일어나고 있다. 네 얼굴이, 뚝뚝 흘러 떨어진다, 전부 차가운 눈물

젖은 코

뜨거운 소금기.

쓰디쓰고 환한 아침이다, 네 눈은 아직도 감당할 수 없는. 탁한 오렌지색 자동차 불빛. 회색 포장도로. 이 모든 파랑, 파랑, 파랑

네 눈이 닿는 한 하늘에 태양은 뜨지 않는다.

감마 하이드록시부티레이트

나는 누군가의 소파에서
깨어난다. 폴레트가
미소를 지으며 내려다보고
있다, 금발 머리칼을
만지작거리며, 부분 염색을
한, 호사스러운 맨체스터
헤어.

어찌나 이쁜지. 얘 이제
깼어.
아유, 이뻐라.

나는 누군가의 소파에서
깨어난다. 폴레트가
미소를 지으며 내려다보고
있다, 금발 머리칼을
만지작거리며, 부분 염색을
한, 호사스러운 맨체스터
헤어.

네가 자는 동안 정말 많은
일이 있었어, 그녀가 말한다.
저어엉말 많은 일이. 하지만
지금은 그 얘기를 하고 싶지
않아. 나갈 때 말해줄게.
모든 걸 말해줄게.

나는 누군가의 소파에서 깨어난다. 폴레트가 미소를 지으며 내려다보고 있다, 반짝이는 금발 머리칼을 만지작거리며, 부분 염색을 한, 호사스러운 맨체스터 헤어.

나 방금 일어난 거야?

내가 묻는다, 눈을 크게 뜨고.

폴레트는 내가 선택한 단어 조합에 웃는다.

"그러니까 네 말은…… 이렇게 오래 정신을 잃고 쓰러져 있었냐 이거지? 그래, 맞다, 이 잠꾸러기야!"

나는 누군가의 소파에서 깨어난다. 폴레트가 미소를 지으며 내려다보고 있다, 반짝이는 깃털 같은 금발 머리칼을 만지작거리며, 부분 염색을 한, 호사스러운 맨체스터 헤어.

나는 외출해서 여덟 시간 넘게 약을 하지 않았고 폴레트는 약 기운에 정신없이 취해 있다. 우리는 GHB[*]를 발견했다, 화학약품 냄새가 나고 맛은 더 고약한 액상의 파티 약. 그것은

* 감마 하이드록시부티레이트(gamma hydroxybutyrate).

투명하다,

물처럼

그리고 굉장한 감각을

선사한다…… 술과 마약에

한꺼번에 취하는 느낌.

그러나 딱 한 모금만 더

마셔도 완전히 나가떨어지고

만다. 그것도 몇 시간을

내리.

"어젯밤에 완전 난리 난리 개난리였어." 그녀가 말했다. "넌 기절해서 다 놓쳤지만!

대체 G를 얼마나 받아먹은 거야?"

"한 뚜껑," 내가 말한다. "보드카 병뚜껑 하나."

"씨발, 그건 아니지." 그녀는 손바닥으로 눈을 덮으며 말한다.

"그래서 다 망쳤구나. 그 보드카 술병은 큰 거였잖아. 초특대형으로 마신 거야. 원래는 보통 크기 병뚜껑으로 하나만 마셔야 되는데. 기분은 괜찮아?"

나는 발을 딛고 일어선다, 약간 비틀거리며.

"괜찮아."

"얘야," 그녀가 웃음을 터뜨린다. "네 옆에 천사들이 있어."

우리는 드라이브를 한다.

"그러니까 내가 잠든 사이 무슨 일이 있었는데? 너희들 무슨 일 저질렀어?"

"아," 그녀가 말한다. "사실, 나한테는 상황이 좀 거칠었어."

그녀의 얼굴빛이 달라진다. 다른 쪽을 바라보는 그녀의 눈이 어둡다.

갑자기 그녀를 안아주고 싶은 마음이 들지만 용기가 나지 않는다.

"조심해." 그녀가 말한다. "여기 뒷좌석에 있는 물병에 든 건 마시지 말고. 뭐가 뭔지 나도 몰라."

"내 키트 가방은 어디 있어?" 내가 쉰 목소리로 말한다.

폴레트가 내 마약 생존 키트를 건네준다. 그 안에는 알약 형태의 루코제이드*, 반창고, 본젤라 연고(구내염 방지), 비타민C 섭취용 오렌지주스와

설탕과 에너지 공급용인 다 녹은 부활절 달걀 초콜릿이 들어 있다. 우리는 가면서 그 초콜릿을 나눠 먹는다.

나는 폴레트를 사랑한다. 나보다 열 살 연상이고 무시무시한 성격이지만 지금 내게는 최고의 친구다. 삶에 여자가 있다는 게 좋다. 나는 키스하고 싶어 죽겠지만, 그녀는 화살처럼 반듯한 스트레이트다.

우리 둘 다 가루를 좋아하고 우리 둘 다 알약과 관심 끌기를 좋아하지만 그녀와 함께하는 나날 중 가장 좋을 땐 그녀의 어린 아들과 같이 있을 때,

오리들한테 먹이를 주면서,

물을 바라볼 때. 약쟁이들도 그 누구 못지않게 고요함을

* 에너지 드링크의 일종.

사랑한다.

이 주일 후,

우리는 꼬마와 함께 카레를 먹으며,

정신병이 있는 남자의 다큐멘터리를 보고 있고

그 남자가 말한다, 어느 날 아침 GHB에 잔뜩 취해 있는데

무언가가 망치로 자기 이를 다 때려 뽑으라고 시켰다고. 그래서 그렇게 했다고.

나는 부르르 몸을 떤다.

폴레트는 어린 아들을 꽉 안고 내게 말한다,

"어떤 사람들은 정말 너무 자기 파괴적이야. 맙소사."

"끔찍해." 내가 말한다.

"끔찍해." 그녀가 말한다.

19.8

에이전시의 제마: 이 일이 뭔지 알죠, 네?

나: 네, 알아요.

폴레트: 〔나보다 이 상황을 더 힘들어하고 있다.〕 네.

에이전시의 제마: 〔나를 보며〕 여기는 모델 에이전시가 아니에요. 이 말을 해주는 건 그저 그쪽이 아직 무척 어리니까 알고 있어야 할 것 같아서 그래요. 알다시피, 나도 빠져나갈 구멍은 만들어둬야 하니까……

나: 네, 이게 무슨 일인지 알아요. 저는 괜찮아요.

에이전시의 제마: 왜냐하면 어떤 여자애들은 이게 그저 데이트나 하고 행사에 같이 가는 일이라고 생각하는데, 사실 그렇지 않아요. 이건 성매매 산업이에요.

나: 그건 괜찮아요.

〔제마가 잠깐 실례한다며 전화를 받는다. 돌아온다.〕

에이전시의 제마: xxxxxxxxxx의 펜트하우스에서 파티가 열리는데 고객이 당신 얘기를 듣고 굉장히 좋아해요. 멋질 거예요. 최고급 고객이에요. 가고 싶어요? 그쪽은 뭐 지금

그대로도 눈부시게 아름다워요.

나: 네, 갈게요.

에이전시의 제마: 좋아요, 잘됐어요! 〔폴레트를 바라보며〕 그쪽은 나중에 적당한 일을 찾아줄게요. 그렇게 되면 좋겠네요.

펜트하우스의 주머라이어 씨

나는 펜트하우스에 도착한다. 바지 정장을 입은 여자가 안내데스크에 앉아 있다, 여기가 무슨 사무실이나 그런 데라도 되는 것처럼.

곧장 이리로 쭉 들어가서 인사를 하세요, 그녀가 미소를 짓는다. 별채를 지나 주 침실로 들어가서, 테이블로 다가가보니 그 위에 코카인 같은 파우더와

포일과 유리병이 놓여 있다.

이게 다 뭐지? 나는 혼잣말을 속삭인다.

“아,” 하고 그의 비서가 내 뒤로 다가오며 말한다.

“크랙입니다. 하지만 걱정 말아요, 철저히 선택사항이니까, 하하하.”

나는 곧 이것이 옆방에서 팬티 차림으로 돌아다니며 헛소리를 두서없이 늘어놓고 있는 주머라이어 씨에게는 표준 절차라는 걸 알게 된다. 그가 문틀 너머에서 고개를 까닥해 나를 부른다. 거기, 침대에는, 수영복 차림의 젊은 여자 둘이 와인을 홀짝이며 앉아 있다.

"안녕!" 그들이 말한다. "그쪽은 그냥 네가 춤춰주기를 바라셔, 정말로…… 바구니에 비키니가 몇 개 들어 있어. 하나 골라, 아무거나.

어머나 세상에, 너 그 흰색 입으면 정말 예쁘겠다.

어머나 세상에, 피부가 너무 예쁘네, 정말 질투 나.

어머나 세상에, 이거 너 진짜 머리니, 아니면 붙인 거니?"

나중에 다른 방으로 안내를 받아 들어가보니, 비키니를 입은 여자 여섯 명이 밀크티 찻잔을 들고 앉아 있다

비스킷

에클레어

감자칩과 컵케이크.

우리는 화장과 〈엑스 팩터〉*와 뉴스에 대해, 그리고 크랙을 한 사람은 한 번도 본 적이 없다는 사실에 대해 이야기를 나눈다

그런데 이번에는 옷을 벗지 않아도 되고, 저 남자를 만지지 않아도 된다니 정말 좋지 않아? 주머라이어 씨는

---

* 영국의 인기 오디션 프로그램.

이쪽에서는 전설이다. 보아하니 젊은 여자들과 호텔방에서 춤을 추는 걸 좋아하는데, 그게 전부인 모양이다.

나중에 비서가 우리 한 사람 한 사람에게 소정의 돈이 든 봉투를 건네고 모두 집으로 간다. 집에 가는 길에 나는 루에게 전화를 걸어 무슨무슨 마약을 해봤냐고 묻는다.

"아, 별거 아니야." 루가 말한다. "난 사실 약에 그렇게 빠져 있진 않아. 그냥 마리화나 약간 태우는 정도. 가끔은 다른 것도 하는데, 있잖아, 대단한 거 아니야. 하드한 건 안 해. H나 크랙이나 그런 건 손도 안 대."

20.0

내 생일이 있는 주에 나는 엄마를 보러 출리로 가서 이삼일쯤 지낸다. 목이 말라 따끔거리고 너무 빨리 움직이면 시야에 잔상이 생기며 항상 균형이 틀어져 있는 느낌이 사라지지 않는데, 이제 이런 건 일상이다. 바닥은 전부, 늘 움직인다. 보통 때보다 몸이 무겁다. 그리고 호흡은 불규칙하다.

날이 추워서 손끝이 하얗게 질렸다. 사지 말단의 혈액순환이 평상시보다 더 나쁘다. 엄마와 나는 은행에 간다. 엄마는 어색하게 눈을 반짝이며 가고 싶은 휴가 얘기를 한다. 엄마는 살짝 떨고 있고 어쩐지 조잘조잘 말도 많고 약해 보인다. 엄마의 손을 잡아주고 싶지만

내 손조차 느껴지지 않는다. 몸에 온기라고는 남아 있지 않은 딸.

"몰타 아니면…… 테네리페."

엄마가 말하고 있다.

"둘 다 휴양지로는 좋지."

엄마는 어쩐지, 좀 달라 보인다,

그리고

엄마 목소리가 어디 멀리서 내게로 오는 것처럼 들린다.

"엄마,

뭔가 이상해. 나 영 몸이……

몸이 안 좋아."

다음 순간 정신을 차려보니, 나는 바닥에 누워 있고 은행 사람들이 내게 물을 주고 있다.

"기절했어요."

누군가 말한다.

"괜찮아요, 아가씨?

좀 어때요?"

그리고 그날 밤 나는 침대에 누워 있고

그림자들이 너무 무섭다. 마치 천장이 내려앉아 마루와 만날 것만 같은 느낌이 든다. 그리고 시커멓고 두건을 쓴 형상이 내게 달려왔다 다시 문밖으로 달려나간다.

누군가 나를 잡으려 한다,

나는 그냥 안다. 내 뒷머리를 짓누르는 압력을 느낀다.

이가 방해가 된다.

말이 입 밖으로 나오지 않는다.

땀을 흘리며 일어나서 엄마의 방으로 비틀비틀 걸어간다.

소리를 지르고 싶은데,

내 목소리는 성대에 걸려 너덜너덜하게 찢겨서 나온다.

"엄마!

엄마!

누가 날 잡으려고 해. 나 아파."

엄마는 당장 침대에서 일어나 앉는다.

"아니야." 엄마가 큰 소리로 대꾸한다.

"아니야, 그렇지 않아. 진이 빠진 거야! 그리고 뭔지 몰라도 네가 하던 약 때문에 그런 거야."

나는 터덜터덜 내 침대로 돌아오지만

잘 수가 없다.

잠이 오지를 않는다.

주말이 되자 나는 다시 폴레트와 무슨 애프터파티로 돌아와 있다,

따가운 목을 무시하고,

열과 싸우며.

"정말 괜찮아?" 폴레트가 말한다. "바로 얼마 전까지만 해도

심하게 앓았잖아."

"씨발, 됐어." 내가 말한다. "어서 또 하자."

어쨌든 너무 늦었다. 우리는 벌써 한참 멀리 갔다. 폴레트와 나는 금요일 오후부터 내리 엑스터시 정제를 사탕처럼 씹고 있고 토요일 오후에는 남자 네 명 무리를 소개받는다.

그들은 이십대고, 사랑스럽다.

아일랜드인 토니,

'위험한' 데이브,

맨체스터의 애덤과 윌리엄.

우리는 초저녁으로 사라진다. '위험한' 데이브라고 부르는 이유는, 그가 백금발로 염색한데다 마약 역치가 낮기 때문이다. '위험한' 데이브는 삽시간에 통제 불능으로 치닫는다. 술집에서 모두가 보는 앞에서 방뇨를 하고 사람 머리에 파인트 술잔을 통째로 부어버린 전력으로 유명했다. 그래도 어쨌든, 내가 보기에는 상당히 사랑스러웠고 그 감정은 쌍방으로 오갔다.

"너 이목구비가 정말 근사하다." '위험'이 말한다.

"고마워." 내가 말한다. "너 약 좀 있어?"

우리는 블랙풀의 솔뮤직 하우스 행사에 간다.

우리는 절대, 다시는 지금처럼 젊고 아름다울 수 없을

것이다.

'위험'과 나는 솔뮤직을 들으며 약에 취하고, 윌리엄의 차를 훔쳐 신나는 드라이브를 떠난다.

세 시간 후

나는 아무래도 가라앉을 것만 같다.

토니는 폴레트와 침대에 있다.

애덤은 사라졌다.

'위험'

은 찻잔들이 놓인 건조대 밑에서 윌리엄을 찾고 있다.

"저건 걱정하지 마," 윌리엄이 말한다.

"케타민*이야.

일단 케타민의 구덩이에 떨어지면 그냥 내버려두면 돼."

* 마취제의 일종. 마약으로 쓰이기도 한다.

나는 그를 올려다본다. 그는 키가 크고 근육질인 타입이지만 어쩐지 압도적으로 친절한 분위기를 풍긴다.

"뭐 하고 싶니?" 그가 묻는다. "좀더 술을 마실 수도 있고 그냥 좀 괜찮은 데 가서 아침을 먹을 수도 있고. 그나저나 너희가 내 차 바퀴를 완전히 개박살내놨더라."

우리는 아침식사를 선택하고 서로의 몸에 폭 안겨 하루종일 잠을 자고, 그러다 월요일이 되어 출근하러 일어난다. 그는 헬스클럽으로, 나는 사무실로, 그리고 밤에 다시 외출한다.

우리는 만나고 또 만난다

그러다

공교롭게도

서로에게 빠져든다.

21.0

"너는 계속 그것 이야기를 하는데," 윌리엄이 말한다. "나는 그것이 뭔지 모르겠어. 너 때문에 나까지 무서운 생각을 하게 되잖아."

우리는 다시 그 동작들을 한다, 진실에 가까운 춤을 춘다. 나는 완전히 지쳐버린다. 그리고 달리 무슨 말을 해야 할지 모르겠다.

"어떤 무서운 생각?"

"네가 말해야지." 그는 말한다, 굳이 말할 필요는 없어 보이는데.

그래서 나는 생각한다,

이래봤자 득 될 게 없어. 이건 어쨌든 시간 낭비일 뿐이야.

그래서 다 끝내려고 나는 말한다.

"에스코트. 파티 걸. 부르고 싶은 이름으로 불러. 됐어? 좋아. 자, 이제 너도 알게 됐네. 잘됐어."

그는 말한다,

"그래."

내가 말한다.

"그러니까 네 갈 길 가고 싶으면 가. 이제 너도 모든 걸 알잖아. 그동안 재밌었어.

뭐 아무튼. 이렇게 됐네. 아주 잘됐어."

그는 얼굴을 한 대 맞은 표정으로 나를 본다.

"바보같이 굴지 마. 난 널 사랑해, 이 바보야."

우리는 계속 맥주를 마시며 당구를 친다. 내 심장은 함락되었지만 나는 대수롭지 않은 척한다.

월요일에

폴레트는 내가 끝까지 말하지 말았어야 한다고 말한다. 절대로 끝까지.

어디 기다려봐, 그녀가 말한다.

결국 그걸 네 면전에 던질 거야. 암, 너를 공격할 무기로 쓸 거라고.

어디 기다려봐, 그녀가 말한다. 떠나버릴걸.

그는 그러지 않는다. 그는 머무른다.

나는 그게 잘 믿기지 않는다. 우리 관계는 밑이 훅 빠질 것만 같다.

금세

언제

라도. 그가 내 몸에 팔을 두르고 잠들면, 나는 어둠 속에서 그의 속눈썹을 보며 그가 영영 떠나지 않기를 빈다. 가끔 나는 숨을 죽이고 그것에 무게를 더하려 한다. 어떤 약속에.

어느 날 밤 폴레트는 술에 취한 채, 내게 전화를 걸어 상욕을 한다.

나는 다시는 그녀를 만나지 않는다.

재
창조

만일에 말이야, 맙소사 절대 그래서는 안 되지만, 너한테 무슨 일이 생기면

(나는 네가 집을 나갈 때마다 숨을 죽여

녁녁히 이십 초쯤

그래서 그럴 리는 없겠지만

행여 그런 일이 생기면),

행여 그런 일이 생겨서 누가 (누구든) 너한테 처음에 너의 어디가 그렇게 마음에 들었느냐고 물으면, 기억해, 나는 얼굴이라고 말할 거야. 네 얼굴이 활짝 열려 있었다고, 네 눈이 친절했다고. 온넓은세상을 볼 수 있을 만큼 큰 눈. 그리고 네 두툼한 손과 네 온화함. 한 사람에 대해서 기억나는 것들 치고는 꽤나 견고하지. 너는 건장한 황소자리이고 머무를 줄 알아.

오늘밤에 먹은 약에 뭐가 들었는지는 몰라도

환각이 보여. 지도, 내가 아는
온 세상의 지도가 나타나
네 살갗 위에. 우주의 모든 아프리카들이
네 팽팽한 살갗 위로 펼쳐져. 저
황금빛 구 모양 행성,
네 모공, 네 팔뚝의 털, 하나하나가 도시야.
전화를 걸어야 할까, 나는 말해,
전화를 걸어서 엄마한테 물어볼까, 왜냐고?
리틀 루에게 우리는 그애를 사랑한다고 말해야 할까?
너는 말하지
아니, 지금 당장은 안 돼. 혹은 내 손을 잡고 이렇게
말하지,
내일 네 기분이 어떤지 보자. 네가 약을 했다는 걸 가족들이
알아차릴 거야. 지금은 전화하지 말자.

21.2

엄마는 집에 혼자 있는 일이 아주 많아졌다.

엄마는 물건을 정리하고, 손톱을 오렌지색이나
보라색 글리터로 칠하고
대체로 외롭다. 루는 밤거리를 배회하는 걸 좋아한다.

데이비드는 옆 마을의 어떤 여자를 만나고 있다. 이가 하나도 없는 여자야,

엄마가 말한다, 무미건조하게.

CA*, 엄마는 말한다, 무미건조하게.

CA(엄마는 병원에서 쓰는 약어를 즐겨 쓴다).

당연히 CA겠지, 나는 속으로 생각한다. 보나마나 CA겠지.

어쩐지 그런 예감이 들었다.

* cancer. 암.

우리가 알게 된 경위는 이렇다. 엄마가 나를 방안으로 불렀다.

엄마가 말했다, "와서 이거 좀 만져봐주렴, 우리 딸, 그리고 말 좀 해줘."

그래서 나는 그렇게 했다. 딱딱했다. 자갈돌 크기.

우리는 괜한 도박을 하지 않았다. 나는 진료 예약을 했고 엄마는 병원에 갔고 그들은 조직검사를 했으며

그건

CA,

당연히 그 빌어먹을 CA.

데이비드는 그게 무슨 뜻인지 아느냐고 내게 묻고 있다.

씨발 당연히 안다. 그런 꿈을 꿨다. 내가 그걸 꿈꿨다.

루는 제대로 이해하지 못한다,

고개는 끄덕거리지만 실감을 못 한다,

아니 실감했는지도 모른다. 너는 모를 수밖에 없다.

루는 이제 강한 허리와 팔뚝과
잔근육이 있고 얼굴에 온통
털이 자란다. 요즘은 콘택트렌즈도 낀다.
그애 눈은 종종 분홍색이다.

엄마는 한쪽 가슴을 잃는다. 그리고 다른 가슴을, 둥글고
풍만한 가슴을 얻는다.
실리콘. 몰타로 휴가를 간다.
엄마의 팔다리가 붓는다.
림프수종이라고, 그들은 말한다.
엄마를 보러 갈 때면
윌리엄은 가끔 엄마에게 마사지를 해준다.

나는 그러지 않는데.
나는 생각한다(그리고 쥐새끼만도 못한 느낌이 든다).
엄마를 보고
눈길을 돌리고
어쩌다가

왜

왜

그리고 어쩌다가

이렇게 된 걸까 생각한다.

그리고……

차도가 있다고, 그들이 말한다.

차도가 있다. 엄마는 더 튼튼해진다.

가족이 된 기분이다. 사정이 나아지고 있을지도 모른다.

윌리엄과 나는 요즘 더 자주 엄마를 찾는다, 데이비드가

벌어먹을 이가 없는 여자를 만나러 가고 없으니까.

나는 엄마에게 요즘 내 근황을 말해주는데

사정은 정말로 달라지고 있다. 나는 밤일을 끊고

낮일을 계속하고

연기 에이전트를 구하고

구직 면접을 보고

모델 일 대기 명단에 이름을 올려놓고

내 시는 문학잡지에 게재될 예정이다.

요즘 삼촌 오빠가 더 자주 찾아온다. 오빠는 머무르면서

엄마와 엄마의 삶에 대한 이야기를 나눈다. 요즘 오빠의 근황 얘기도 해준다. 오빠는 이제 재혼했다. 군대 막사에서 만난 여자와 꼭 껴안고 사랑을 나눴다고. 엄마는 귀기울여 듣고

또 듣고

창밖을 내다보며 미소를 짓는다.

윌리엄이 엄마의 팔다리를 주무른다. 림프절의 독소를 뺀다나, 뭐 그러는 거라고.

나는 안 그러는데.

하고 생각한다(그리고 쥐새끼만도 못한 느낌이 든다).

엄마를 보고

눈길을 돌리고

어쩌다가

왜

왜

그리고 어쩌다가

이렇게 된 걸까 생각한다.

할머니와 할아버지는 집안 꼴을 도저히 봐줄 수가 없다고 하지만 요즘은 말을 아낀다. 루는 엄마와 함께 살고 엄마

대신 장을 보고 엄마의 시중을 들지만

집안 살림은 잘 못한다.

우리 중 아무도 소꿉놀이에는 소질이 없다.

재
창조
(2)

내 솔기 밑에 뭔가 도사리고 있다. 새로울 게 뭐지?

아침이다. 우리는 바구니에 델리에서 산 냉동 번과 스파클링와인을 담아 공원에 가져간다. 우리는 최대한 자주 탁 트인 초록의 야외에서 일광욕을 하고 폴라로이드 사진을 찍고 손을 잡고 우리가 서로를 어떻게 찾아냈을까 생각하며 신기해한다. 자칫하면 못 만났을 수도 있다는 생각에 몸이 부르르 떨린다. 가끔은 우리의 첫 만남을 둘러싼 사실들이 변한다. 가끔은 폴레트가 있다. 다른 때는 없다. 가끔은 폴레트가 아일랜드인 토니와 함께 침대에 있고 어떤 때는 애덤과 함께 있다. 하지만 사실은 그대로다. 그는 나를 물끄러미 응시했고 공기는 따뜻하고 휘파람소리가 났고

우리는 뭔가 다른 걸 시작하기 위해 그들을 내버려뒀다.

내 솔기 밑에는 뭔가 도사리고 있지만,

그건 불변이다. 게다가 난 개의치 않는다. 고요하고 서늘한 맨체스터의 하루다. 공기에서 풀과 나무 냄새가 나고 우리는 커다란, 커다란 언덕을 오르고 있다.

나 어렸을 때 여기 왔었어, 그가 말한다. 내가 세상에서 제일 좋아하는 공원이야. 그가 여행을 많이 다닌 편은 아닌 것 같기에 나는 그 말에 웃고 싶다. 하지만 제일 좋아하는 공원은 누가 뭐래도 제일 좋아하는 공원이다. 그리고 여기는 그 어디 못지않게 좋으니까. 저 멀리 위풍당당한 집에서 어슴푸레한 불빛이 흘러나오고 나는 어쩜 이렇게 운이 좋을 수 있을까 생각한다.

이제 조금만 더 가면 돼, 그가 말하고 있다. 크림색 터틀넥 속에서 덜덜 떨면서. 내가 그의 코트를 입고 있다. 우리 손가락들은 별들처럼, 고정된 형상처럼 서로 꼭 맞물려 있다.

바로 저 위야, 그는 말한다. 그리고 우리는 모퉁이를 돌아 언덕을 계속 올라간다. 이제 얼마나 더 가면 되느냐고 물으려 돌아보니 그가 무릎을 털썩 꿇고 있다. 그 얼굴이 펼친 책처럼 모든 걸 말해준다.

나는 망설임 없이 좋아, 라고 말한다. (나는 이미 좋아, 라고 했다.)

하지만 거짓말을 하지는 않을 것이다……

아직도 내 심장 내벽에는 뭔가 작고, 날카로운 것들이 있다. 내 몸에 추근대는 짐승 같은 그런 것들. 내 안의 짐승들.

22.2

윌리엄과 나는 경찰의 전화에 잠을 깬다.

루가 체포됐다

(또). 루는 프레스턴의 유치장에 있다. 강도짓을 하고 다녔습니다, 그들이 말한다. 폰이며 은행 카드며 약과 핸드백을 빼앗았죠,
칼로 위협해서요. 서에 좀 와주셔야 할지도 모르겠습니다,
그들이 말한다. 이 친구가 좀 골치를 썩이네요.

그들은 그날 늦게 루를 풀어준다.

기소는 없다.

"핸드백? 거짓말이야. 난 여자를 턴 적은 없어."

루가 차 뒷좌석에서 말한다.

나는 요즘 약은 좀 가볍게 하고 있다. 한다 해도 주말에 한두 알 정도. 나는 지급불능 채무 소송 업체에서 일한다. 안내데스크에서 전화를 받고 사무실 비품을 주문한다.

윌리엄은 얼마 전 맨체스터의 헬스클럽에서 상무이사로

승진했다. 우리는 자주 극장에 가고 나는 인생에 대해서, 모든 게 얼마나 끈적끈적한지에 대해 시를 쓰지만

아직도 '다 괜찮아'지지는 않았다.

어떤 날은 종이봉투에 대고 숨을 쉬어야 한다. 머리가 어지러워지는 일은, 자주 있다.

어떤 날은 베개에서 머리를 들 수도 없다. 아주 많은 날들에 나는 식은땀을 흘린다.

나는 말한다,

우리는 남부로 내려가야 해. 나는 멀리 '도망'가야 해. 나는 여기서 미쳐가고 있어. 방은 너무 네모지고 천장은 너무 낮다. 나는 모두와 너무 가까이 있고 언제나, 언제나 너무 멀리 있다. 나 자신을 위해서 아무것도, 무엇 하나 해줄 수 없는데 내가 리틀 루에게 무엇을 해줄 수 있을까?

빛이 모자라, 내가 말한다,

손가락에 낀 약혼반지를 돌리면서.

너는 보고 또 보지만 정말로 보지 못한다

일어나지 않기를 원하는 그 일이 일어난다, 어쨌든 일어난다.

기억나는가?

그녀가 또, 말한다.

"얘, 와서 이것 좀 만져봐줄래."

난 그러기 싫다. 알기 때문에, 정말로 알아서. 우리는 모두 앞으로 일어날 나쁜 일들을 남몰래 예감한다. 그것은 이미 우리 안에, 몸속에 일종의 암호로 존재한다. 이미 커튼 뒤에서, 붉은빛을 은은히 뿜고 있다. 이미 꿈을 꾸었다, 그리고 온다

그리고 사라졌다가

다시 온다.

CA,

당연히 그 빌어먹을 CA.

아, 인체라는 똑딱이는 시한폭탄. 너는 삶을 살려고 애쓴다. 그리고 자식들을 위해 일하고 부산스럽게 뛰어다니고 땀을 흘리고 섹스하고 일하고 사랑을 외쳐 부르고 사랑 때문에 울고 자식들을 돌보고 일하고 공부하고 침대에서 잠을 자고 저축을 하고 피나는 잇몸을 걱정하지만

그래도 죽는다, 끝내는.

엄마는 아름다웠다.

우리는 보라색과 흰색 수의를 입혀드렸다.

윌리엄과 나는 런던에서 차를 몰고 갔고 마지막으로 도착했다. 호스피스에 도착하니 늙고 친숙한 얼굴들이 많았다. 삼촌 오빠도 아내와 함께 와 있었다.

린퍼드의 얼굴이 그사이 풍선처럼 부풀었다.

안녕,

린퍼드가 말했다.

너희가 잘 살고 있으면 좋겠구나,

린퍼드가 말했다.

잘 지냈어?

린퍼드가 말했다.

좋아 보이네, 아직 모델 일 하고 있어?

린퍼드가 말했다,

완전히 제정신이 아닌 채로.

할머니와 할아버지는 기가 막히게 감정을 절제했다. 내게 일은 잘되어가느냐고 물었다. 샌드위치와 옥수수죽이 든 플라스틱 컵을 건넸다. 리틀 루는 내 품안에 쓰러졌다. 이 주위에서 유일하게 정상적인 반응이었다.

나는, 아무 감정도 느낄 수 없었다.

우리 엄마의 오빠가 KFC 치킨을 사 왔다. 우리 모두 시신 주위에 둘러앉아 예의바르게 서로의 안부를 물었다. 사망신고 담당자와 장의사에게 전화하는 건 전부 내가 했다. 리틀 루는 대기실 의자에 미동도 없이 앉아 있었다.

다음날에는 다 같이 엄마 집에 앉아 있었고 윌리엄과 나는 모두에게 차를 내어준 후 장례식 절차를 의논했다. 외삼촌의 여자친구가(영국 여자였다) 장례식장에 차가운 핑거푸드를 뷔페로 내면 어떻겠냐는 의견을 내자 할아버지가 당장 말을 잘랐다.

"아니야, 안 돼, 흑인들은 찬 음식을 먹지 않는다."

엄마는 아름답다.

우리는 빨간 손톱에

보라색과 흰색 옷을 입은 엄마의 몸을 불태운다.

장례식은 한 줌의 오류들이다. 여기에는 여러 이유가 있다.

1. 늘 그렇듯 마샤가 지각한다(물론, 엄마 잘못이 아니라 장례사의 잘못이다).
2. 시간을 잘못 맞춰 관을 여는 바람에, 미처 준비도 못 하고 마샤의 텅 빈 몸을, 엄마의 껍데기를 본 내가 그만 히스테리를 일으켜 곧장 미친 듯이 웃고 만다.
3. 테런스가 나타난다. 슬픔에 폐인이 된 몰골로.
4. 린퍼드가 나타난다. 창백하고 퉁퉁 불고 고립된 모습으로.
5. 그들은 서로 멀찌감치 서 있는다.
6. 데이비드는 아예 코빼기도 보이지 않는다.
7. 할머니가 인생 최고의 요리를 선보인다. 쌀과 콩 요리. 먹고 죽어도 좋을 맛이었다. 하.

나는 꿈을 꾸고 있나? 아니. 빨간 교복은 없다. 말을 듣지 않는 전등 스위치도 없다.

나는 그다음주 내내 충격을 다스리느라 잭 대니얼스와 제임슨을 번갈아 마신다.

리틀 루는 열여덟 살이 다 되었고 아무 말도 하지 않을 것이다.

어떤 끝

시작과 끝의 차이는 무엇일까? 나는 내 손을 뚫어져라
노려보지만 알아내지 못한다. 접시를 닦기 위해 다이아몬드
반지를 빼는데
다시 그 물건을 끼지 않거나 낄 수가 없다.

일주일 후에도,
그 반지는 여전히
부엌 싱크대 위에 있었다—있다. 사랑과
끝의 차이는 무엇일까? 전혀 차이가 없다, 안 그런가?
윌리엄이 재차 그 반지에 대해 묻자 나는 말했다,
"부엌 싱크대 위에 그대로 있어, 내가 빼놓은 자리에."
그는 내 얼굴에서 보았다. 나는 그의
얼굴에서 보았다. 윌리엄은 슬그머니 멀어지는 나를
바라본다.

윌리엄은 슬그머니 멀어지는 나를 바라본다.

반지 다시 끼지 않은 지 한참 된 거 같은데,

윌리엄이 말한다,

또 일주일이 더 흐른 후에.

아니, 안 꼈어, 내가 말한다. 아직은, 나 그냥……

나는 그냥……

그리고 우리는 거기 그렇게 서서

서로를 처음으로 본다,

울고불고 하진 않는다. 우리 둘 다 죽지 않았다. 이제는 끝내고 다시 시작해야 할 때가 되었을 뿐, 그런 것 같다.

그리고 그래서,

그 주가 끝나고 또 한 주가 시작하고 이제 나는 집을 나가야 할 것 같다. 이제 고정된 형상은 안녕. 사물들이 보였다 안 보였다 한다. 조각조각. 나는 가족을 가질 수 없다. 오로지 자유가 필요할 뿐.

나 자신을 따라잡기 위해선 자유로워야 했다.

소원은 이루어지기 마련이다. 내가 새로 살게 된 런던의 거리는 그림책에서 튀어나온 것 같다. 루와 내가 그림으로 그렸을 것 같은 동네. 담청색 마술 책을 참조해서라도 빠져들고 싶어했을 그런 풍경, 당장 저 그림 속에 들어가 살고 싶다고 빌었을, 바로 그런 풍경. 나는 프림로즈 힐 한가운데에 있다, 주위에는 온통 솜사탕 색깔의 집들과 러시아 레스토랑과 곱슬곱슬한 금발의 어린이들과 유모들, 고급 카페와 핫 요가 스튜디오들이 즐비하다. 사방에 돈이 넘쳐난다. 심지어 하늘마저 값비싸 보인다. 나는 어떤 집의 꼭대기층 원룸에 산다. 사방에 온통 삶이 넘쳐난다.

하지만 안을 보면, 나는 거의 감정을 느끼지 못한다. 윌리엄은 전화통을 손에서 놓지 않으며 내게 뭐 필요한 건 없냐고 묻고 묻고 또 묻는다. 나는 없어, 없어, 없다고 대답하다

그의 전화를 받지 않게 된다. 요즘 내가 하는 일이라곤 어느 집 꼭대기의 낡은 소파 겸용 침대에 누워 팝콘처럼 새하얀 천장을 바라보는 것뿐이다.

천국 1

(i) 우리 어머니는 죽었다,

확실히 떠나고 없다.

그녀의 모든 것이 흩어진 에너지가 되었고
성경이 믿을 만하다면, 그녀도 처음으로 되돌아갔다.

흙으로.

(ii) 다른 사람들은 모두 북부에 남아, 늙어가고 있다.

나는 잊을 수 있을 만큼 멀리 떨어져 있지만, 잠을 잘 때는 예외다. 나는 런던에 산다, 이곳의 시간은 더 짧고, 한 달의 날수도 더 적다.

(iii) 루는 저 위 북부에 있다,

언제나 이 도시와 저 도시 사이에 있다. 반은 엄마의 집에 살고 반은 어디 다른 데 산다. 할머니는 도저히 루를 붙잡지 못한다, 그애를 꼭 잡아두는 건 참 어렵다. 그애는 한 달에 세 번쯤 전화번호를 바꾸면서 사람들이 원하는 건 뭐든 닥치는 대로 판다. 들리는 얘기로는 그 물건들을 엄마의 집에 쌓아둔다고 한다.

괜찮은 물건도 있다고, 들었다.

하지만 그애는 말수가 많지 않다. 그애는 검은 옷을 아주 많이 입는다. 그애는 자기 얼굴을 아주 많이 가리는 걸 좋아한다. 전화를 걸면 내가 억지로 대화를 이끌어가야 한다.

그런데 우리 둘 다 그 방면으로는 재주가 없으니

오가는 말이 별로 없다.

우리는 보통 하는 얘기를 계속 한다.

나: 할머니 할아버지하고는 통화했니?

그애: 아니.

나: 전화해야지.

그애: 누나는 전화했어?

나: 응, 지난달에.

그애: ……

나: 삼촌 오빠하고는 통화했어?

그애: 아니.

등등, 등등, 등등.

어느 날 밤 전화로,

루는 KFC에서 소니를 봤는데 소니가 자기를 싹 무시하려 했다고 말한다. 아예 거기 없는 사람 취급하면서 그냥 지나쳐 걸어갔단다. 루가 어떤 사람이 주먹으로 벽을 친다고 얘기하는 것 같은데 소리가 계속 끊긴다.

"잠깐,

누가 주먹으로 벽을 치려고 했다고?" 나는 확실히 해두려고 묻는다.

루는 목구멍으로 이상한 소리를 내고

전화는 먹통이 되어버린다.

루의 페이스북에 가보니, 그애는 한 손에 시로크 한 병, 다른 손에 헤네시 한 병을 들고 포즈를 취하고 있다,

손에는 붕대를 감은 채,

그렇게 나는 질문에 대한 답을 얻는다.

(iv) 나는 기차를 타고 북부로 올라간다.

루의 수염이 제멋대로 자라 있다. 헤어라인은 내 기억보다 훨씬 더 뒤로 밀려나 있다.

"윌리엄은 어때?"

한참 지난 후, 그애가 묻는다.

"아, 그냥 잘 안 됐어."

내가 말한다.

나는 말하지 않는다……

내가 할 수 있는 최악의 방식으로 윌리엄을 떠났다고는. 장례식을 치르고 이 주 후에.

나는 말하지 않는다……

눈앞에 보이는 건 온통 깜깜한 회색뿐이라고는. 저 아래 가라앉아 있다고는.

나는 말하지 않는다……

내가 실제로 존재하는 사람처럼 느껴지지 않는다고는.

씨발 감각이 완전히 마비된 거나 마찬가지라고는.

대신 나는 말한다,

그냥 잘 안 됐어, 그런 거 있잖아.

루는 담뱃불을 비벼 끈다. 그 얼굴에 어떤 표정이 스쳐지나가지만 나는 뭔지 알 수 없다.

(v) 그날 저녁 우리는 외출한다. 나는 얼음을 넣은 보드카 여덟 잔을 마시고 나서야 다시 느끼기 시작한다.

내 생각에는 이제까지 만난 중에 내 동생만큼 아름다운 사람이 없다. 펍 주인이 다가와서,

내 가슴을 빤히 보고

우리에게 루는 범죄자라서

입장 불가라고 말한다.

내가 말한다. "좀 봐줘요. 우리 엄마가 방금 돌아가셨단 말이에요."

그가 말한다,

"그러게, 신문에서 봤네. 고인의 명복을 빌어. 하지만 이건 내가 어떻게 할 수 있는 일이 아니야, 이제는 경찰 소관이지. 그나저나 그쪽은 오늘 섹시해 보이네, 아가씨. 뭐 늘 그렇지, 뭐 늘 섹시하니까."

나는 나가기 전에 테킬라 한 잔을 들이켜고 말한다.

"뭐 도와준 것도 없고 참 고맙네, 병신아."

(vi) 아침에

나는 다시 런던행 기차를 타고,

루를 마샤의 재와 함께 남겨두고 떠난다. 뭐가 됐든 밤일을 다시

좀 찾아야 할 때가 됐다.

넷

한시 십이분

비극적인 난리법석이다, 만사가 돌고 도는 방식이란. 너는 웃다 죽을 수도 있을 것이다, 정말이다.

나는 여름 휴일에 할아버지와 실내에서 크리켓 경기를 보던 부드러운 오후들을 생각하고 있다. 크리켓은 스누커*를 제외하고 할아버지가 유일하게 즐기는 스포츠지만, 할아버지는 그건 진짜 스포츠라고 할 수 없다고 입버릇처럼 말했다. 우리 팀은 당연히 웨스트 인디스였다.

물론 지금은 그로부터 몇 년이 지났고, 바 옆에 크리켓 선수 한 명이 서 있다. 이제 그는 훨씬 나이가 들었지만 아직도 훤칠하고, 아직도 근사하다. 나는 어디서든 그의 얼굴을 알아볼 수 있다. 오코넬, 그의 이름. 우리가 제일 좋아했던 선수였다. 할아버지는 그가 백인임에도 천재적이라고 얘기하곤 했다. 흑인 팀에서 뛰다니 정말이지 남자 중의 남자라고 늘 생각했다. 마치 바지를 걷고

* 당구 경기의 일종.

흙바닥에서 뒹굴며 아이들과 놀아주는 다 큰 어른 남자를 보듯이 바라보았다.

그리고 그가 클럽에 있다. 내 말은, 이런 식으로 유명세를 과시하는 건 좀 역겹지만, 그래도 난 좋다.

오늘밤은 죽은 밤이다. 일은 요즘 별로 좋지 못하다. 동유럽 여자들이 이 안의 유일한 남자들 무리를 꿰찼다. 뭐 할말도 없다. 이 남자들은 금발을 제일 좋아하고, 다음에 갈색머리를 찾고 아마 그다음에 우리를 찾을까 말까 하니까. 이제 나와 앤절라만 남았다. 나는 방세가 한참 밀렸고 앤절라는 집에 애가 둘이다. 우리를 에워싼 공기는 팽팽하고 절박하다. 앤절라는 절박함을 감추려고 겨드랑이에 향수를 문지르고 있다. 나는 남자들이 그 냄새에 끌리도록 두는 걸 좋아한다.

그는 한두 잔쯤 걸쳤다, 오코넬. 나는 그에게 접근하려 하지만 못된 암캐 앤절라도 같은 생각을 했다. 그녀는 모자란 외모를 메꾸기 위해 다른 모든 걸 동원한다. 그녀는 지독하게 밀어붙인다. 그런 걸 무척 좋아하는 남자들도 있다.

오코넬이 우리를 보고, 가슴을 부풀리며 말한다. 좋아, 그럼, 내가 너희 둘 중 하나를 데리고 갈 테니까, 둘 다 그 드레스 밑에 뭐가 있는지 보여줘. 나는 사기 전에 물건을 보는 걸 좋아해서. 그가 무시무시한 상어처럼 씩 웃는다.

나는 미소를 억누른다. 우리 모두 여기서 누가 승자가 될지 알고 있다. 내가 가진 게 있다면 그건 괜찮은 젖꼭지다. 앤절라는 나보다 마르고, 거의 열 살이나 많고, 애들도 있다. 게다가 얼굴에는 딱딱하게 굳은 느낌, 이제 더는 이 짓을 못해먹겠다는 특유의 표정이 있다. 나는 이제는 포기하겠지 생각하지만 그녀는 끝까지 해보겠다는 눈치다.

그들이 샤데이의 노래 〈이세벨〉을 튼다. 정말 웃긴다. 웨스트엔드 인간들은 유치하다.

나는 끈을 내리고 드레스의 앞부분을 끌어내려 허리에 걸친다. 그는 나를 보고 미소를 짓는다. 윙크를 한다. 앤절라가 나를 똑같이 따라하자 그의 얼굴에 걸린 미소가 뭐랄까 얼어붙는다. 그리고 나는 그가 어쨌든 우리 둘을 함께 데리고 가지 않기를 바란다, 내가 받을 돈을 반분하기는 싫으니까. 그가 앤절라를 너무 오래 쳐다보는 바람에 분위기가 불편해지고 만다, 심지어 나까지도. 그의 입 끝이 올라가며 입술에서 "씨발"이라는 단어가

튀어나온다. 그러더니 소리 내어 웃기 시작한다, 앤절라는 이제 좋은 시절이 지났으니까, 그러자 클럽의 다른 사람들도 쳐다보고 여자애들도 쳐다보고 매니저도 쳐다보는데 그 남자가 손가락질을 하며 말한다,

당신 아직도 이 바닥에 있어도 되는 거 맞아?

앤절라는 초록색 콘택트렌즈를 끼고 있다. 그 눈은 유리처럼 번들거린다. 처음에는 그 눈에 눈물이 차오르는지 폭풍우가 치는지 잘 알아볼 수가 없지만, 공기 중의 전류는 느낄 수 있다, 천둥의 냄새가 난다.

그녀는 야생의 생물처럼 펄쩍 뛰어올라 이와 손톱으로 사납게 그를 덮치지만……

그가 그녀를 때려눕힌다.

그는 그녀의 몸 위로 허리를 굽히고, 눈을 이글거리며, 그녀의 얼굴과 몇 센티미터도 안 되는 거리에 고개를 들이밀고는 상욕에 상욕을 퍼붓는다. 도저히 여기 그 욕을 옮길 수가 없다. 나는 생각한다, 흑인 팀에서 뛰었던 선수가 이렇게 상스러울 줄이야,

그리고 앤절라는 아직도 바닥에 누워 얼굴을 감싸고 있고

그가 그녀의 몸을 두 번 발로 찬다.

그들은 경비를 부르고 도어맨들이 달려오는데, 나는 도저히 믿기지 않는다. 모두가 그에게 아양을 떨며 사과하고 있다. 그는 공짜 샴페인 한 병을 받는다. 앤절라는 해고된다. 그녀는 가슴 아래로 갈비뼈를 움켜쥐고 있다. 절뚝거리며 나가는 그녀 입에서 피가 흐른다. 하지만 내가 참견할 일이 아니야, 나는 속으로 되뇐다. 나하고 아무 상관 없는 사람이잖아, 그래, 별 상관도 없는데.

다들 원래 하던 일로 돌아간다. 나는 가서 오코넬과 함께 앉는데 그는 얇게 붉은 막이 덮여 번들거리는 눈으로 아무 일도 없었다는 듯 머리를 젖히고 말한다,

춤춰,

그리고 나는 춤을 춘다……

그리고 머릿속으로 나는 생각한다, 람바다, 룸바, 메렝게를 추고 있다고

우리를 둘러싼 폴리에스테르 커튼은 실크고 그 남자의 손은 박수갈채라고…… 단단하고, 강하고, 어디에나 있다고

내 땀냄새는 열대의 밤공기라고—해변이고 모래고 노란 달이라고.

갑자기 이제까지 한 번도 느껴본 적 없는 피로감이

덮치지만 나는 프로니까, 알다시피, 그러니까, 춤을 계속 춘다, 그가 남자 중의 남자가 전혀 아니라 해도.

나는 빙글빙글 돌고, 미소를 짓고, 침몰한다. 내 안의 파도가 모두 부서지는데,

동시에, 저 위에서는, 앤절라가 길을 건너고 있다. 여기가 바로 모든 게 딱딱하게 굳어지는 지점이다.

나는 아직도 지하에서 만족할 줄 모르는 개새끼 오코넬의 돈을 더 뜯어낼 준비를 하고 있다,

그는 입에 게거품을 물고 있다.

시간이 지나고, 도어맨이 계단에 앉아 있다, 보통 때보다 더 하얀 얼굴로.

그는 앤절라가 좀전에, 다치려고 작정한 사람처럼 달려오는 차들을 똑바로 바라보며 차도로 걸어들어갔다고 말한다.

그는 앤절라의 안색이 좋지 않았다고 말한다. 안색이 형편없었어요.

그때가 바로 내가 깨닫는 순간이다, 그녀는 내게 가족이나 마찬가지라는 사실을. 내 가슴속에는 상처가 있다, 크리켓 공보다 더 딱딱한 상처가.

나는 다시 아래로 내려간다. 크리켓 선수는 또 춤을 요구한다. 또 샤데이의 노래가 흘러나온다. 내 귀에 내 심장 소리가 들린다.

물론 나는 계속 춤을 춘다. 시간이 돈이다.

천국 1.5

어느 날 밤 나는 거울을 본다.

달이 너무 두툼하다. 그래서 나는 다른 것들을 본다.

나는 거울을 본다.

오늘밤 나는 머리를 왕창 잘라버렸다.

레드와인의 결정. 붉은 내 집, 붉은 주택, 붉은색, 붉은 와인. 나는 가슴을 꽁꽁 동여맨다. 숨을 내쉰다. 좀 낫다.

천국 2

내가 오늘밤 집으로 데려온 사람은 향수 냄새가 난다. 나쁠 것도 없지만 특별히 좋지도 않은 냄새. 그리고 그 사람들의 머리카락은 길고 가느다랗고 풍성하다. 전부 난리법석이다.

우리는 오늘밤 헤븐이라는 클럽에서 만났다. 나는 싸구려 레드와인을 두 병 들이켜고 집을 나섰다. 쉽다, 쉽고 따뜻하고, 따뜻하다.

같이 외출하는 친구들 두 명은 보통 때와 다름없이, 내 주량의 절반도 마시지 않았고 마시는 속도는 비교도 안 된다. 나는 맑은 정신으로 친구를 사귄다는 건 상상도 할 수 없다. 그들은 다른 행성에서 온 외계인들이다. 술의 보호를 받지 않고도 완벽하게 만족스러운 외출을 할 수 있다니. 어젯밤에 나는 그들 중 누구와도 대화를 이어갈 수 없었다. 내 눈이 방안을 어지럽게 휙휙 훑으며 제일 반짝이는 눈요깃거리를 찾았기 때문이다. 그들은 나를 보고 눈을 굴리며(그 눈들을 언제까지 굴릴 작정인지) 좀 진정하라고 말했다. 천천히 해, 그들이 말했다.

나는 생각했다,

씨발 대체 왜? 젊음은 딱 한 번뿐인데

그리고 너희 둘 다 말은 쉽지. 내 세계에는 쿠션이 필요해.

나는 누군가에게 키스했다

그들이 내 체취가 좋다고 해서

그들은 내가 아름답다고 말했고

벽이 점점 답답하게 조여들었고

너무 뜨겁고 어둡고 낯선 사람들로 가득해서 뭐든 느끼고 싶었다. 레드와인,

뜨거운 기도,

덕에 나는 원래의 나보다 근사하게 부풀려진 느낌이 들었다. 언제나 든든한 레드와인이 있으니까.

언제나 그렇듯, 아무것도 거칠 게 없었다. 나는 자유로웠다. 내 친구들은 떠났다. 나는 낯선 사람과 돌아왔다,

흔한 얘기다(나는 정말 진저리가, 진저리가 나지만 혼자서는 도저히 스스로를 마주할 수 없는 아침들이 있다).

이 사람은 내내 자기는 보통 이런 짓을 하지 않는다는 말만 하고 있다.

나는 생각했다, 제발 좀 조용히 해,

그리고 내가 입고 있던 티셔츠와 양말을 벗지 않았다.

그리고

마샤가 방금 내 꿈에 찾아왔다, 이런 말을 하면서.

미안해. 정말로 내가 미안해.

나는 죽지 않았어, 본질적으로는. 어떻게 내가 아직도 네 꿈속에서 너와 이야기를 나눌 수가 있을까? 내가 완전한 사실이자 완전한 허구가 되었다는 걸 아직도 모르겠니?

정신 좀 차려. 너는 아프리카인이야, 이 세상에서 가장
마술적인 인류지.

나는 지금 어디 다른 곳에 있어. 일부는 인간이고 일부는
형이상인데, 내 어떤 부분이 그런지는 아직 다 파악하지
못했어. 나는 이 새로운 형상을 사랑해. 우주가 내 몸을 관통해
흐르는 게 느껴져. 나는 다공성이고 경이롭고 대담해.

그리고 마샤는 말했다,

내가 떠나고 싶어서 떠난 건 아니야,
그보다 머무름이란 항상 전적으로 불가능한 일이기 때문이지.

너는 80퍼센트가 물이야. 그렇게 소모하는 짓은 그만둬, 제발.
그 친절한 남자하고 결혼했어야 해.
이렇게 허무를 찾고, 또 찾다가는 제풀에 죽고 말 거야.

숨도 제대로 못 쉬면서, 나는 문밖으로 기어나가려 한다.

"가지 않으면 좋겠어요." 그 낯선 사람이 말한다, 엎드려 얼굴을 침대에 묻고. "난 당신이 아름답다고 생각해요."

"미안해요, 가야 해요…… 일하러." 나는 간신히 이 말만 내뱉을 뿐이다.

"됐어요." 그들이 말한다. "뭐, 일이 급한 눈치니 할 수 없죠."

그래야만 한다. 나는 벌써 거리에 나왔다, 사라졌다.

이어지는 나날들은 빠듯하다, 평화가 없다. 나는 50파운드를 주고 나오미 캠벨 스타일의 가발—길고, 검고, 앞머리가 있는 가발—을 사고 클럽에 다시 출근한다. 나는 조용히 앤절라가 어떻게 되었을까 생각한다.

게다가 기운이 없어서 남자들도 남자들의 요구도 남자들의 손길도 견뎌내지 못한다. 한 남자는 내 부모님에 대해 꼬치꼬치 캐묻는 일에 목숨이라도 건 기세다.

"그쪽이 이런 일 하는 걸 알면 어머니가 어떤 기분이실 거 같아?" 고객이 묻는다. 자기가 무슨 정신과의사라는 환상에 빠진 게 틀림없다.

"두 달 전에 돌아가셨어요." 나는 무표정하게 말한다.

"그래도, 내 질문은 여전히 유효한데." 그가 말한다.

빌어먹을 재수탱이. 나는 이를 간다. 손톱을 감춘다. 그가 춤을 춰보라고 하자, 그렇게 한다.

리틀 루

전화로
우리 사촌이 말하고 있다
네 동생이
끝내려 했어
네 동생이 끝내려
했어
끝
내려
했어 검은색 가죽 벨트로
여자친구가
살렸어
벨트
두꺼운
검은색/갈색 벨트
그들이 말하길
그애가 만나던

어떤 여자애가

아니면

그냥 어떤 여자애가

살렸다고

그애 방에서 재떨이 냄새가 났다고

그들이 말하길

침대 밑에 컵이며 접시들이 널브러져 있었다고

그들이 말하길

우리 엄마 집안 벽에 구멍이 숭숭 뚫려 있었다고. (그애는 집안 살림에는 젬병이다. 우리는 집안 살림은 못한다

아무리 멀리 떨어져 있어도

우리는 실패로 엮여 있다

실패하며

멎어가는 심장—우리는 그 집을 팔아야 한다.)

그들은 말했다, 굵고 검은 밧줄/케이블이었다고

리틀 루가

아니지

루가

목을 감는 데 썼던 게.

나는 통화중이다.

나는 그애를 붙잡을 수가 없다

나는 그 사람의 냉장고에서 보드카를 꺼내 거의 반병을 단숨에 들이켜고 밤거리로 뛰쳐나갈 뻔하지만

누군지 상관없는 같이 있던 남자가 말한다

당신 너무 많이 마셨어요

침대로 돌아와요. 브릭스턴에서 당신이 할 수

있는 일은 아무것도 없잖아요.

나는 말한다,

"우리가 지금 있는 데가 거기예요?"

그러자 그들이 나를 본다.

나는 오전 내내 루에게 연락하려 애쓰고

마침내 오후 열두시 오십육분에 그애와 연락이 닿는다.

그러자 그애가 말한다

나 이제 괜찮아.

그런 기분이 들 때가 있는데 그러다 지나가. 나 이제 괜찮아

하지만 나는 알고 그애도 안다

모두 괜찮다와는 거리가 멀다는 걸. 루가 말한다

지난주에는 죽기로 결심했었어

오만하지만 그게 내가 내린 결정이었어.

루가 말한다

그간 일어난 모든 일을 기억하면서

하느님의 이름은 금세 잊어버렸어

루가 말한다

누나 그거 알아

나……

나

나

아, 됐어, 신경쓰지 마.

그들이 말한다, 벨트라고

두꺼운 검은색 벨트

아니면 케이블

아니면 뭐든. 요즘 나는 상세하게 들어가면 감당이 안 된다.

나는 북부로 간다. 우리는 병원에 앉아 있다.

나는 대기실에서 발로 탁탁 박자를 맞춘다. 루의 손을 잡고 싶지만 그러지 않는다.

그애가 담배를 피우러 나갔는데 의사가 오고, 나는 같이 들어가줄까 묻는다

그러자 그애가 말한다

응.

그리고 루의 눈은 번들거린다

까망빛나

멜링 박사는 (이제 반백 반백 반백

이 되었고 나도 전혀 관심이 없어졌다) 메모를 하고

우리는 생각하고 있다, 이렇게 오래 기다릴 수는 없어요

다 나을 때까지. 우리는 생각하고 있다, 피부도 낫는데.

왜 우리는 못 나아? 우리는 생각하고 있다, 세찬 빗속을

얼마나 더 여행해야 하나요, 정확히 얼마나요? 우리는 생각하고 있다,

삶이 우리에게 빚진 게 있나. 우리가 잘못 이해했나? 그리고 시간은

동물이야, 친구. 세월. 시간이

우리를 죽이고 있어

이빨로 우리를 물고 있어

멜링 박사가 서류를 프린트해서

루에게 말한다, "그런 기분이 든 지 얼마나 됐어요?"

씨발. 저런 질문에 누가 대답할 수 있단 말이야?

우리는 서류를 내려놓고 (우리가 서명을 하거나 뭐 그래야 하는 거 같다)

읽거나, 뭐 그런 걸 하고

처방전을 받아들거나, 뭐 그런 걸 하는데

확실히는 모르겠다.

나는 가라앉고 있다.

그리고 뜬금없이, 차에서, 루가 말한다.

나는 그라임뮤직*이 좋더라

요즘.

봐. 배출구랄까.

들어볼래?

그애는 내게 이어폰을 건네준다,

그애는 착하다, 당연히,

---

* 2000년대 초 영국에서 생겨난 음악 장르. 하우스 클럽 음악에 랩, 레게 등이 더해진 형식으로 영국 하층민 정서를 담고 있다.

그리고 그게 비극이다. 루가 말한다

나 그 빌어먹을 항우울제는 안 먹고 있어.

내 손으로 너를 묻고 싶지는 않아

내가 말한다.

그애가 말한다

그런 일 없을 거야.

다시는 그런 일 없을 거야.

나는 말하고 싶다,

그래, 너는 천재잖아.

그래, 그러면 나 마음이 아파. 아니면

나랑 같이 떠나자, 라고. 하지만 나는 그애가 그러지 않으리라는 걸 안다.

나는 말한다,

그러니까, 이제 엄마 집에서 살지 마.

벽은 시커멓고

내장은 다 벗겨져 떨어지고

마약 소굴처럼 보이잖아

우리 이 집 내놓자.

우리는 할머니네 가야 해, 거기서 우리는 올바르니까.

할머니네 집에 앉아서

할머니가 해주는 음식을 먹자.

그애는 별말이 없고 나도 별말을 하지 않는다

그애는 감자와 치킨과 마카로니와 치즈를 노려본다.

할머니의 집은 하나도 달라지지 않았다, 아주 작은 그애가 똑같은 의자에 앉아서 저녁을 먹던 그때와. 어쩌면 우리의 느낌도 하나도 달라지지 않았을지 모른다.

마침내,

우리는 핑계를 대고 밤으로 탈출한다

우리를 들여보내주는 바가 하나도 없어서

우리는 술집 건너편 주차장에 앉아 있다.

그애는 대마초를 피운다. 나는 럼을 병째 마신다

난 완전 망했어.

우리 지금 어디 있어? 내가 말한다

잉글랜드 북부

그애가 말한다

유니콘은 존재하지 않아

내가 말한다.

루가

말한다

아니 존재해

정원 기억해?

리틀 루에 대해서 내가 말해줄 수 있는 것들

하나. 천재다, 내 동생은.

둘. 장난감 자동차를 갖고 놀다가 자기 목을 조르려 했다.

셋. 그애 아버지는 거칠고 거친, 사냥꾼이다, 다른 세상에서 온.

넷. 우리는 서로 거의 이야기를 나누지 않지만, 그애는 나의 가장 친한 친구다.

참된 거짓말

확실한 모든 것들이 정면으로 상충하면 어떻게 하지? 패러다임이 일치하지 않으면? 모순들과 끔찍한 정보가 전쟁을 벌이면?

사실. 마샤는 아름답다. 사실. 마샤는 온전하다. 사실. 마샤는 죽었다. 사실. 마샤는 버스에서 배를 움켜쥐고 있는 임신한 동양인 소녀로 내 앞에 나타났고 또 늙은 라스타파리안*의 모습으로도 나타났다. 그는 자메이카와 그곳의 정치에 대한 책을 읽는 나를 보고 미소 지었다.

사실. 루는 아무한테 아무 관심도 없다. 사실. 루는 만사에, 너무 지나치게 관심이 많다. 그래서 감당하지 못한다. 사실. 나는 루에게 전화를 해야 한다. 루도 나의 전화를 필요로 한다. 사실. 나는 거의 전화하지 않는다. 그애는 절대로 하지 않는다.

---

* 에티오피아의 옛 황제 하일레 셀라시에를 숭상하는 자메이카 신흥 종교 신도를 일컫는 말. 흑인들이 언젠가는 아프리카로 돌아갈 것이라고 믿고 독특한 복장과 행동 양식을 따른다.

사랑/돈

어느 날 아침 나는 잠에서 깨어 많은 것들을 이해한다.

헨리 파커는 내 옆에 누워 짜증나는 작은 소음을 내고 있다. 코를 골고 으르렁거리고 가래 끓는 소리를 내고. 나는 베개로 그의 머리를 덮어 소리를 죽여볼까 생각한다. 하지만 이건 그의 침대고 그의 집이고 나는 그를 겁주고 싶지 않다. 여섯시 십 분 전이고 나는 다시 잠들지 못한다. 우리는 런던 남부, 서리에, 별채 두 개에 침실은 아홉 개 딸리고 천장이 낮은, 그의 아름다운 컨트리하우스에 있다. 집 주위로는 널찍하고, 아주 잘 가꾸어진 정원 두 개가 펼쳐져 있다. 헨리는 이 모든 공간과 아름다움 가운데 혼자서 산다. 후텁지근한 팔월의 아침이고 방안 공기는 정체되어 있다. 벌써 반년이 훌쩍 넘어버렸고, 그게 걱정이다. 올해에는 뭔가 이루고 싶다. 아직 시간이 있다고, 나는 생각한다. 확실히 시간이 좀 있다.

침대는 크고 부드러운 매트리스와 묵직한 꽃무늬 시트가 깔려 있으니 이론적으로는 아주 편안하다. 시트는 분홍색

바탕에 빨간색과 흰색 모란꽃들이 흐드러져 있다.

다른 사람의 집에 손님으로 묵으면 곤란한 점은 그냥 나가서 혼자 뭘 먹을 수가 없다는 점이다. 나는 도움이 될까 싶어 자세를 바꿔본다. 그가 눈을 뜨고는 내가 심란해 보인다고 하고 나는 내가 모르는 이야기를 해달라고 하고 그는 킬킬 웃고 목구멍에서 꾸르륵 소리를 내더니 다시 잠든다. 그는 입을 벌리고 잔다. 그러고 보니 노인과 아기들은 비슷한 특징이 있다. 가끔 나는 누가 누구를 이용하는지 잘 모르겠다. 지금까지 여기 네 번 왔는데 그는 자기가 깜박 잊어버리는 바람에 아침에 어색한 상황이 될까봐 언제나 전날 밤에 크림색 봉투를 건네준다. 짙은 파란색 잉크로 굵고 깔끔하게 내 이름을 적은 봉투. 실제로 처음 만났을 때 우리는 농어를 먹고 브랜디를 마시며 계약 조건을 의논했다. 나한테는 그 브랜디가 필요했다. 그게 없었으면 돈을 더 달라고 말할 용기를 내지 못했을 테니까. 처음에 그가 부른 액수는 터무니없이 낮았다. 우리는 어쨌든 하룻밤 전체를 얘기하고 있었고 나는 원하는 액수보다 적게 합의했지만 일이 아예 없는 것보다는 나았다.

헨리는 역사 강사였다. 그는 현재형으로 쓰인 모든 걸 싫어한다. 그것이 그에 대해 무엇을 말해줄까 궁금하다.

어젯밤에 우리는 저녁을 먹으러 나갔고 나는 정말 오랜만에 스테이크를 먹었고 그도 같은 걸 먹었다. 우리는 브랜디를 한 잔씩 마셨다. 사람들은 항상 우리에게 아주 관심이 많고, 그러면 창피한 일이 생길 수도 있다. 그는 키가 작고 늙었으며 대머리이기 때문이다.

나는 모든 젊은이가 자신보다 훨씬 나이 많은 사람과 시간을 보내봐야 한다고 생각한다. 물론 꼭 이런 상황은 아니더라도. 어젯밤 차 안에서 우리는 숙명에 대해 이야기하기 시작했다. 그는 말했다, 자기가 삶의 끝에 가까워지고 있다는 걸 잘 알고 있다고. 나는, 반면에, 내 삶의 시작에 가까워지고 있다. 그는 언덕이라는 낡은 은유를 썼는데, 그 덕분에 내가 정확히 언덕의 어느 지점에 있는지 궁금해졌다. 예를 들어, 내가 여든 살까지 산다면 이제 바닥에서 가장 높은 봉우리까지 겨우 절반 좀 넘게 오른 셈이다.

아무튼, 언덕에는 봉우리가 없다. 산에 있지.

나는 딱히 오래 살 것 같지는 않다. 그리 나쁠 것도 없다.

내리막길에서는 속도가 붙는다.

헨리는 죽음이 무섭지는 않다고 말한다. 오히려 다행이다.

나는 그가 자식들 이야기를 하는 게 싫다. 우리가

그럭저럭 친해질 만하면 그는 자식들 이야기를 시작한다. 내가 그런 걸 정말 알고 싶어할 리가 없는데. 그 집안에는 점점이 사진들이 흩뿌려져 있다. 그의 '딸들'은 덩치가 말만하고 무난하게 생겼다.

딸들.

그의 딸들.

둘 다 봉우리에 올랐고 그 소중한 인생 내내 아낌없는 후원과 지지를 받았다.

자기 아버지가 내 나이의 여자와 침대에서 뭘 하는지 그 딸들이 알면 무슨 일이 벌어질까 생각하면 킬킬 웃음이 나온다. 빌어먹을 히스테리가 날 지경이지만, 웃겨서 그런 건 아니다.

시계를 보니 여섯시란다.

재미있지 않을 때는 시간이 기어간다.

나도 내가 하는 짓의 무게를 상상한다. 나도 영혼의 훼손을 고려한다. 그 육체성이 아니면,

편집증이 문제다. 사람들이 어떻게 생각할까?

이걸 사람들이 어떻게 생각할까? 누구든 알면 뭐라고

생각할까?

이 생각이 밤에 날 덮치거나 이른 새벽에 내 목을 조른다. 이 모든 일의 결과는 무엇일까. 내 과거의 행적을 누군가에게 말할 수 있는 날이 올까? 내 마음은 시커먼 구덩이를 헤매고 있다. 지붕에서 뛰어내리고 싶다.

눈을 뜬다.

놀랍게도 그는 옷을 다 차려입고 있다, 트위드 재킷과 바지와 초록색 셔츠, 그리고 나를 흔들어 깨우고 있다. "이제 일어나야 해." 그가 말하고 있다. "우리 딸이 내가 어떻게 지내나 보러 오고 있어. 당신은 아무리 봐도 간호사로 보기 어렵잖아."

라디오 시계를 보니 커다란 빨간 글씨로 9:30이라고 쓰여 있다.

그러나 마샤가 내게 뭔가 말하려 애쓰고 있다. 항상 말을 해도 기가 막히게 안 좋은 타이밍에만 골라서 하지. 아침 늦게 아니면 이른 밤. 우리 둘 모두에게 '틀려먹은 시간'이기 일쑤다.

나는 말한다,

엄마, 나 얘기 못해. 일하고 있어. 오늘밤은 안 돼?

하지만 마샤와 약속을 정해봤자 아무 소용도 없다. 그녀가 오면 오는 것이고 그녀가 오면 내가 할 수 있는 일이라곤 괜히 전등 스위치를 시험하지 않고 그녀가 혼자 오기를 바라는 것뿐.

마샤는 말한다, 나 아직 예수님을 못 만났어, 말이 된다고 생각하니?

마샤는 말한다, 이번주에 복권을 사봐.

헨리가 내 생각을 끊고 마샤의 목소리를 뚝 자르며 내 이름을 다시 부르는데, 굉장히 당황한 기색이다. 내가 잠결에 침대에서 내려와 어제 입던 팬티를 뒤집어 입고 옷가지를 주워 입고 층계를 내려와 부엌에서 내 핸드백을 챙기는데 그가 장황하게 변명을 늘어놓는다. 다음 순간 나는 밖에 나와 있고 등뒤로 굳게 닫힌 문이 있다.

헨리의 덩치 큰 검은색 도베르만, 데이비스가 돌이 깔린 진입로를 따라 정문으로 걸어가는 내 곁을 졸졸 따라온다. 헨리는 우리의 '유대감'이 우리 둘 다 아름다운 누비아*의 생물인 것에서 온다고 말했다. 나는 토하고 싶었지만 위스키의 힘을 빌려 꾹 참았다. 메스꺼움을 억누르는 데는 술이 좋다. 효과는 내가 장담한다.

이곳 시골은 조용하다. 새의 노래가 들린다. 머리 위에서 헬리콥터 소리가 들려온다.

우회전해서

도심 방향으로 돌아든

나는 공원 옆으로 흐르는 냇물을 따라 걸으며 사랑/돈을 생각하고 있다.

내 폰이 울려서 보니 헨리지만 울리다 끊어지게 그냥 둔다. 솔직히 말해서, 나는 지금 완전히 엉망진창이다. 적자가 쌓이고 있다. 네 군데 이상 거액의 채무가 있는데다 방세도 곧 내야 한다. 앞으로 사흘 동안 돈을 굉장히 많이 벌어야 한다.

헨리가 거듭 전화를 걸고 있다, 오늘 아침 일에 대해서 자꾸, 자꾸만 사과한다. 나는 밀린 청구서 때문에 지금 좀 문제가 있다고 말한다. 침묵이 흐르고 그가 내게 돌아오라고 한다. 그 문제를 함께 의논해보자면서.

---

* 수단 북동부의 지명. 고대 이집트의 황금, 노예 공급지였다.

다시 그 집으로 돌아가니, 헨리는 이층에 좀 누워 있고 싶으냐고 묻는다.

나는 그가 부엌 난로 옆에 내게 줄 봉투를 하나 더 챙겨두었다는 걸 안다. 그거면 이번달 방세는 메꿀 수 있다. 간신히.

어젯밤 나는 잠을 심하게 설쳤고, 즐겁지 않은데 즐거운 척할 기분이 아니다.

내 얼굴에 절망이 모습을 드러내고 있다는 생각이 든다. 그러자 그는 내게 독한 것 좀 마시겠느냐고 묻는다.

거기에는 항상 단 하나의 답밖에 없다.

우리는 그의 거실에 앉아 위스키를 마시고 노래를 부르고 나서 위층의 침대로 간다. 위스키가 헨리에게 효과를 발휘해서, 천만다행으로, 그가 잠이 들고, 그러고 나서 나도 잠이 든다.

한 시간쯤 후 그는 내 등뒤에 누워 내 이름을 거듭거듭 속삭이고 있다. 당신이 나를 이렇게 만들어, 그가 말한다. 당신이 이해해줘야 해. 나는 당신과 함께 있으면 굉장히 관능적인 느낌이야. 당신이 나한테서 뭔가를 이끌어낸다니까.

나는 열까지 센다.

1 헨리가 내 이름을 속삭이기를 그친다.

2 그는 침대에서 굴러 떨어져서

3 바닥에 쭉 뻗어버린다,

4 고주망태로 취해서, 킬킬 웃으며. 내가

5 침대에서 내려가고 그는

6 무기력하게 벌거벗은 채로, 똑바로 누워서

7 꼭 아기처럼 낄낄거리고 웃는다.

8 역겹다.

9 웃어야 할지 울어야 할지 나는 모르겠다.

10 좆됐다.

너무 깊이 생각하지 않고 나는 오늘 두번째로 옷을 입기 시작한다. 속바지는 카펫 위 그의 머리 옆에 그냥 둔다. 그는 지금 뭐가 어떻게 돌아가는지 제대로 파악하지 못하는 눈치다.

그는 내 이름을 다시 부르며 옷을 주워 입는 나를 바라보며, 셈을 하려고 애쓴다,

술에 취해서 셈을 하려고.

나는 그 방에서 나온다.

계단을 내려오는데 그는 여전히 내 이름을 부르고 있다.

그에게는 딸들이 있다. 가족이 있다. 그 늙은 사람한테는 애지중지 아끼고 사랑하는 가족이 있고 나처럼 젊은 사람한테는 아무도 없다니 공평하지 않은 것 같다.

위층에서 헨리의 목소리가 들려온다. 이제 약간 절박한 말투다. 약간 패닉에 빠진 것 같다. 나는 부엌에 있다. 나는 전화를 들고 999를 부른다.

a) "제가 이 할아버지 집 옆을 지나가고 있었는데요"라고 하거나

아니면

b) "간호사예요. 할아버지가 낙상을 하셨어요"라고 하거나

아니면

c) "이웃집에 놀러온 사람인데 문이 열려 있는 걸 봤어요, 당연히 들어가봤죠"라고 하거나.

나는 그들에게 주소를 불러준다.

나는 전화를 끊는다.

크림색 봉투가 곁문 옆 조리대 위에 놓여 있다.

데이비스가 자기 바구니에서 나를 한참 빤히 바라본다.

나는 뒷문의 빗장을 푼다. 데이비스가 내 발치에 와 있다. 심호흡을 했더니 정신이 번쩍 드는 것 같다. 나는 가벼운 발걸음으로 그 집을 나와 돌길을 따라 달린다. 데이비스가 내 곁에서 함께 달린다. 바깥 하늘은 분홍빛이고 마음이 불편하지도 않다.

전혀.

11 사이렌소리가 들린다.

어땠는지 궁금하다, 나의 아버지는. 키가 훤칠하고. 까망빛나고. 그가 누구였는지 궁금하다. 그걸 알면, 어쩌면, 지금 벌어지는 일을 이해할 수 있을지도 모르는데.

반은 꿈속이고 반은 뭔가 다른 것에 빠져 있는데,

한 남자가 아침의 어둑한 빛 속에서 나타난다, 내게 등을 돌린 모습으로. 나는 손을 뻗는다. 내 아버지일 수도 있다, 이 남자가. 목 색깔이 똑같다. 머리카락은 부드럽다, 은빛 흑발. 그가 돌아서고

그 노숙자는 내게 돈을 요구한다.

나는 내 아버지에게 힘들게 번 15파운드를 주고 비틀거리며,

얼굴을 손에 묻은 채, 집으로 돌아온다. 내가 누구인지

기억나, 나는 생각한다.

아프리카인,

가장 마술적인 아프리카인

프림로즈 힐의 다리 위에 서 있는. 나는 부르르 몸을 떤다.

어쩌면 나는 취했는지도 몰라. 이 흙 터널. 이 삶이라는 것, 정말 무서워.

삶의 비밀번호는 무엇일까? 한때는 비밀번호를 알고 있다고 생각했다, 성경에 대한 심오한 지식과 담청색 꿈의 책으로 무장한 채로. 하지만 엄마가 사라지면서 그것도 사라졌다.

정확히 있어야 할 곳에 소속된 느낌, 그걸 여는 비밀번호는 무엇일까?

나는 휘청거리며 프림로즈 힐 브리지를 건넌다. 11월인데

벌써 시리게 춥다. 나는 고개를 푹 숙인다. 이 그림책 같은 풍경 속에서 나는 투명인간이나 마찬가지다, 특히 황혼에는. 나는 땅에서 갈라진 틈을 열심히 찾는다, '계시'를, '사실'을, '다른 것들'을 보고 싶어서, 내 동생의 얼굴에 목말라서. 나는 정말 알고 싶다,

그애는 아직도 남들이 볼 수 없는 것을 보고 있을까?

나는 지옥불에 타게 될까, 혹시,

그리고 내가 그 사실을 체념하고 받아들이면, 탈출구는 어디 있지? 죽는 건 아플까?

어쨌든, 삶보다 더 아플 수 있을까? 똑바로 볼 수 있는 힘의 비밀번호는 무엇일까? 내가 비틀거리며 어둠 속을 헤맬 때 요가 매트를 가지고 내 옆을 스쳐지나간 그 여자는 어느 시간대에 있을까? 시간대는 숫자로 측정되는 걸까, 만일 그렇다면 행운의 좌표는 무엇일까? 삶도 역시 신기루일까? 액상의 수은일까, '시간'처럼?

어느 날 리틀 루와 내가 이모네 정원 땅을 파며 보물을

찾고 있는데 할머니가 나와서 말했다. 그렇게 땅을 파고 또 파다가, 아가야, 아주 오스트레일리아까지 가겠다.

그런데 우리의 오스트레일리아는 어디 있지? 우리는 내내 땅을 파왔는데,

벌써 몇 년은 된 것 같은데. 삶은 우리 안감 솔기에 숨어 있나? 우리가 삶을 뒤집어 입고 있는 걸까?

데이터

나는 윌리엄이 너를 진심으로 사랑했던 것 같구나, 할머니가 말한다.

내가 한 가지 얘기를 해주마.

어느 날, 해가 밝게 비추던 날이었는데, 할머니가 말했다,

윌리엄이 현관문 앞에 나타났어. 장화에 흙이 묻어 있더구나. 위층 유리창에서 보니

자동차 안에서 더러운 장화를 갈아신고 있는 거야, 깔끔한 모습으로 우리를 만나려고,

멋진 갈색 구두로 갈아신더라고.

그런 사람이죠, 내가 말했다. 그 사람답네요.

할머니가 고개를 끄덕였다.

그 청년은 너를 정말로 사랑했어.

내게로 곧장 걸어왔거든.

내 눈을 똑바로 보고 말했지,

손녀따님을 정말 너무, 너무 사랑합니다.

그래서 결혼하고 싶습니다. 약속드릴게요.

제가 꼭 잘 돌봐주겠다고 약속드릴게요.

그러자 할아버지가 고개를 끄덕이며 좋다고 하셨지.

할머니는 말을 잠시 멈췄다. 머리에 감은 스카프를 매만졌다.

그 청년은 지금 뭐하니? 요즘은 어떠니?

여자친구가 있을 거예요.

내가 말했다.

여자친구가 있대요. 누군지는 몰라요.

나도 모르게 오만상을 쓰고 있다는 걸 문득 깨닫는다.

불쌍한 것, 할머니가 말했다. 그 청년은 너를 사랑하는데. 언제까지나 너를 사랑할 거야.

하지만 윌리엄은 세상의 수많은 것들과 아주 닮았다. 너무 좋아서 현실처럼 느껴지지가 않았다.

나는 고개를 연신 주억거리면서도 할머니에게는 말하지 않는다

처음 삼 년 동안은 그가 이틀에 한 번꼴로 전화를

걸었다고. 생일 때마다 잊지 않고 기억해주었다고. 언제나, 언제나 거기 있어주었다고.

나는 말하지 않는다

이제는 내가 전화를 걸면, 끊어져버린다고.

내 어머니의 강력한 북극성은 여전히 주방에서 분주하게 일하고 있다.

그래요, 그이는 나를 사랑해요, 나는 말한다.

잘됐으면 참 좋았을 텐데.

할아버지가 거실에서 절뚝거리며 걸어나와, 이층으로 올라가려 한다. 요즘은 거동하는 데 시간이 아주 많이 걸린다. 할아버지는 달라졌다. 더 물러졌고 세상에 대한 확신이 없어졌다.

할아버지가 눈에 잔주름을 잡으며 웃는다,

그리고 말한다,

"아가씨가 꼭 이르사같이 생겼다는 말을 하려고 했어요. 우리 이르사랑 참 많이 닮았네."

동물들

프레드릭 스팀프슨은 아직도 네가 어떻게 생겼는지 모른다. 눈가리개를 쓰고 문을 열어준다. 그는 자기가 집에서 기르는 반려동물인 척하기를 좋아한다. 물건을 물고 오라고 시키거나, 손으로 네가 입은 속옷을 빨라고 명령하면 좋아한다. (속옷을 빨지 않고 가는 걸 잊지 말아야 하는데, 그게 생각보다 쉬운 일이 아니다.) 프레드릭 스팀프슨은 끔찍하게 수줍어해서, 늘 옷을 다 입고 있다. 그의 집은 엄청난, 엄청난 대저택이다.

(자기를 홀랑 집어삼키는 집에 살고 있는 다 큰 남자들이 어찌나 많은지.) 너는 비가 내린다고 말한다. 그의 말투를 보아하니 훨씬 남쪽 출신인 것 같다. 그는 농장에서 자랐고, 그런 태가 난다.

그가 처음 자기를 다루는 방법을 보여줬을 때 너는 완전히 넋이 나갔다.

하지만 쉽게 터득한다. 얼마나 근사한 전환인가. 대나무 회초리가 공기를 가르는 소리를 들어본 적이 있는가?

분자도 쪼갤 듯 날카롭다. 휙. 찰싹.

프레드릭 스팀프슨에게는 언제나 돈이 있다. 그리고 그것이 네가 그를 만나는 이유다, 당연히. 우리 솔직해지자.

프레드릭 스팀프슨은

야단맞는 걸 특히 좋아하고,

네가 몇 주 잠수를 타며

연락을 끊으면

자기가 뭘 잘못했는지 알고 싶어한다. 그는 전화로 너를 "주인님"이라고 부르고

당신의 반려동물이 당신을 그리워한다고

말한다.

인테리어:

햄스테드에 있는 고풍스러운 주택. 너와 맬컴이 그의 파란 빅토리아식 거실에 앉아 있다.

맬컴

이 나라에는, 여름이 아예 없는 거 같군요.

너

전혀 없어요. 끔찍하죠.

맬컴

녹차? 페퍼민트?

너

아, 페퍼민트요. 아시잖아요, 하하.

맬컴

아, 그럼요, 기억하죠. 녹차는 안 좋아하죠.

너

속이 쓰려요.

맬컴

아, 그래요, 속이.

침묵. 둘 다 텔레비전을 응시한다. 맬컴은 처음에 항상 초조해한다. 너는 텔레비전을 응시한다. 그의 이마에 땀방울이 송글송글 맺힌다. 맬컴은 도자기 인형을 사랑한다. 도자기 인형들이 책장과 캐비닛을 장식하고 있다.

맬컴

난 지난주에 체중이 좀 줄었어요.

너

아, 와, 잘했어요.

맬컴

그래요, 고마워요. 내 생각에 중요한 건 빠진 상태를 유지하는 것 같아요. 그건 영 못하는 것 같네요.

〔부끄러움에 고개를 푹 숙이며〕 나는 식탐이 과해요.

너

〔일을 좀 서둘러야 해서〕
그러면 벌을 받아야겠네요?

맬컴
아, 그럼요…… 쪽지! 항상 이메일로 보내는 걸 깜박
잊는단 말이에요!

맬컴이 네게 쪽지를 건네고 네가 그걸 읽는 사이 그는 초조하게 피아노 옆에 서 있다.

너
아. 교장 선생님. 오늘은 교장 선생님이군요.

맬컴
〔침을 꿀꺽 삼키며〕 글을 아주 빨리 읽는군요! 하하.
〔이제 확신이 없는 듯〕 음. 괜찮아요?

너

아, 네, 그럼요. 그냥 좀

〔네가 코트 앞섶을 열자 의상을 잘못 입고 있다—가죽 올인원.〕

……옷을 갈아입어야 해서요.

맬컴

아, 죄송해요, 미리 말했어야 하는데. 미안해요. 내가 잘못했어요.

너

아니, 전혀 걱정할 필요 없어요, 정말 괜찮아요. 제가 욕실을 좀 써도 될까요? 이 분이면 되는데.

맬컴

아니, 당연하죠.

너는 욕실로 가서 살에 들러붙는 가죽옷을 벗겨내느라 고

생한다. 예상보다 더 오래 걸린다. 실크 블라우스는 쭈글쭈글하지만 그나마 이거라도 가져와서 얼마나 다행인지. 너는 트위드 펜슬스커트로 갈아입고 다시 구두를 신는다. 맬컴이 복도에서 너를 외쳐 부른다……

맬컴

준비됐나요!

너

금방 돼요.

인테리어:

서재.

맬컴의 패들, 회초리와 매 두 개가 반들반들한 호두나무 책상 위에 깔끔하게 놓여 있다. 부지런하게도 갈색 봉투에 돈도 준비되어 있다. 너는 그 봉투를 핸드백에 휙 던져 넣는다. 너는 거울에 비친 네 모습을 찬찬히 살펴본다. 너는 여배우다, 그리고 환상적이다.

맬컴이 교복을 입고, 수줍어하면서, 나온다. 처음에는 우스꽝스러워 보인다. 그러나 모든 사람에게는 욕구가 있고 너는 인정이 많다. 사람들의 기분을 좋게 해주는 일에는 진지하게 임해야 한다.

너

다시 나가서 노크부터 해.

맬컴은 금세 사라진다. 소심한 노크 소리가 이어진다.

너

네?

맬컴이 고개를 푹 숙이고 시야로 들어온다,

피부가 발갛게 상기되어 있다.

너

이 녀석,

어서 이리 오지 못해.

아들.

소니가 사라지더니 조용히 죽어버린다.

펑크족처럼, 루가 말한다.

그 사람이 죽었다니 믿어져?

루가 말한다. 그 씨발새끼. 아팠다더라. 병문안이나 가볼까 말까 그러고 있었는데, 몰라. 가서 속내를 다 털어놓고, 진심으로 노력을 좀 해보려고. 아들이 되어볼까 했어. 아니면 그냥 친구라도 먹든가. 하. 뭐 이런 개똥 같은 경우가 다 있어?

루가 헤드셋에 대고 으르렁거린다.

그럴 가치가 없는 사람이었어, 내가 말한다.

너 괜찮니? 내가 말한다.

나 감기 걸렸어, 그애가 말한다.

우리의 창조주

우리의 별들. (그 황당하고, 복잡한 별들.)

그들이 어떻게 와서, 폭발하고,

흩어져버렸는지에 대해서.

우리 것이 아니다, 그 별들은,

우리 것이었던 적도 없다.

명심하라.

무서운 정보

네가 침대에서 나오려는데 뭔가 발목을 잡고 늘어진다.

사실. 모든 게 상상을 초월할 만큼 회색이다. 사실. 너는 걷잡을 수 없이 가라앉고 있다.

사실. 너는 이제 누구의 아이도 아니고

네 손은 아직 차다. 너는 하루의 끄트머리를 무디게 만들고자 레드와인을 마신다. 하지만 그 끄트머리에 감기는 나쁜 일들이 있다, 갈색/

검은색…… 그리고 와인 때문에 두통이 온다. 사실. 편두통. 사실/

끔찍한 것이 네 목구멍에 걸려 있다

어두운 것은 네 몸에서 빠져나가는 법을 모른다

어둠이 네 간을 태워 구멍을 뚫는다

너무 많아서

그리고 아직 부족해서

차마 견딜 수 없을 지경이다.

주말에는 보드카와 레드와인을 마시고

밤에는 친구들을 헤아릴 수도 없이 많이 사귀고
주중에는 그들의 번호를 지워버린다
왜냐하면 이름들은, 이름들은 기억하기가 거의 불가능하니까.

너는 어디 다른 곳으로 가야만 한다. 그곳은 빛이 너무 부족하다.

어떤 날은 숨을 쉴 수가 없다. 너는 안다
밤에 따분해지면 어떤 기분이 되는지
그리고 모든 나쁜 것은
시끄럽고 중요하다는 걸
길거리로 나가보라. 일회성이다, 이 삶은.

너는 이동해야 한다. 의심스럽다 싶으면, 언제나 이동해야 한다.

안 그러면 살아남을 수 없다.

초록색:
어떤 도주

어느 날 누군가

소음 너머로, 끝없는 열기 너머로 말한다,

"넌 남아프리카에 가면 돈을 엄청 많이 벌 거야, 있잖아. 거기 모델들은 다 너처럼 생겼거든. 너도 할 수 있을 거 같은데."

다른 말은 더 들을 필요도 없다. 너는 출발한다. 케이프타운으로

가방에 180파운드를 챙기고.

루가 전화한다.

무슨 일이야? 네가 말한다.

나 말 그대로 비행기 탔어. 남아프리카로 갈 거야.

어디로? 어쩌다?

남아프리카. 가야 해.

난 멀리

가야만 해.

나 기분이 영 좋지 않았어,

정말 거지같았어.

(너는 울고 싶지만 그러지 않는다.)

와아, 루가 말한다.

전화한다고 약속할게, 네가 말한다. 자리를 잡으면.

먼저 누나한테 한 가지만 말할게,

네 동생이 말한다.

하지만 그애는 말하지 않는다,

정말로 끝까지 말하지 않는다.

저 사람들이 전화 끊으래.

뭐라고?

어서, 빨리 말해.

네가 말한다.

저 여자가 나한테 소리를 지르려고 해.

그애의 숨소리가 들린다,

안심이 된다, 네가 가장 사랑하는 사람들의 숨소리를 듣는 것은.

오늘 내 딸을 만났어.

뭐라고? 네가 말한다.

그래,

루가 말한다,

나도 몰랐어. 굉장한 기분이야.

그거에 비하면 다 아무것도 아니라니까.

그애를 안았는데 세상을 얻은 것 같았어.

아 하느님,

너는 말한다.

아 하느님,

너는 말한다.

아 하느님, 너한테 딸이 있다니!

너는 말한다.

너 정말 잘됐다. 아니, 우리가 잘된 일이지.

그때 여자가 와서 부탁이니 전화를 끊어달라고 하고 너는 말한다.

루.

루.

이제 말 그대로 날아오르고 있어.

나는 가야 해,

가야 해,

하지만 '사랑해'

너도

네 딸도

도착하면 전화할게.

누나가 뭐라고 하는지 들어봐, 루가 말한다.

와아.

감정에 복받친 누나 목소리 좀 들어보라고.

닥쳐, 네가 말한다, 그리고 끊는다.

멀리 가 있기: 일 년의 일기

너라는 존재에서 도망칠 수는 없다

왜냐하면 그 존재는 호흡처럼 필연코 너를 찾아오고 찾아오고 또 찾아올 테니까. 그렇게 반드시. 그것은 내장 깊숙이, 골수 저 아래에 있다. 사람들이 그것을 부르는 말은 수없이 많다.

그것과 너를 부르는 이름은 수천 가지다. 네가 어디에 있든, 그깃은 너를 따라온다. 남아프리카까지 너를 따라온다. 네가 어디에 있든 그것이 무엇이든, 그 끔찍한 것은 너를 움켜쥐려 하고 가끔은 길을 걷던 너를 자빠뜨려서 그대로 땅속으로 보내버리려 한다. 그 끔찍한 것은 한밤의 총성처럼 온다. 술을 한 잔 걸치고 몇 잔 더 걸친 뒤 아침이면 너를 괴롭히러 온다. 씨발 그것은 그것이 생존하는 데 필요한 모든 술로 너를 독살하려 든다. 다음날이면 숙취로 너를 갖고 놀고, 하루종일 남아서 어깨를 쥐어짜고, 손을 덜덜 떨리게 한다. 너를 보고 미소를 짓는다, 그 끔찍한 것. 방구석에, 팔짱을 끼고 앉아서. 그것도 그러고 싶어서 그러는 건 아니다. 그저 친구들이 필요할 뿐이다.

그것은 그렇게 외로운 존재다.

그 끔찍한 것은 먹이가 필요하고 그 자리에서 사람들의 인생을 통째로 먹어치운다.

그 끔찍한 것이 그 끔찍한 손으로 박수를 치면 모든 게 그 속으로 빨려들어간다. 그 끔찍한 것은 한 달 여기 있다가 한참 사라졌다가 다음달 중순쯤 나타난다. 그사이 숨이라도 좀 돌리라는 듯이—그리고 만사가 이제 다 괜찮다는 생각이 들고 숨이 넘치지도 모자라지도 않을 때, 다시 한밤중에 급습한다. 너는 장발의 친절한 의사를 하나 더 찾아간다. 그 사람 말로는, 그 끔찍한 것은 물을 더 많이 마셔야 하고 더 많이 걸어야 한단다—그 끔찍한 것은 비타민D가 필요하고 불안장애 약은 필요 없다고 한다. OCD* 때문에 CBT**는 좀 필요할지 모르겠네요. 경미한 세균 공포증이 있어서요.

그 끔찍한 것은 안도의 한숨을 쉰다. 그것은 약을 믿지 않기에 먹지 않지만 스피루리나***는 믿고, 비건이 되고, 글루텐프리가 되고, 양지에서 오래 산책을 하고,

---

* 강박장애(Obsessive Compulsive Disorder).

** 인지행동치료(Cognitive Behavioral Therapy).

*** 담수 남조류. 영양 보충제로 많이 쓰인다.

디톡스를 하고, 그 끔찍한 몸뚱이에서 중금속을 제거한다. 그것은 술을 끊고 싶지만 그럴 수가 없고, 루에게 전화를 하고 싶지만 절대, 절대 그러지 않는다. 그 끔찍한 것은 호박빛깔의 악몽 속에서 어머니에게 악을 쓰고, 네가 왜 죽어도 그걸 잠자리에 데리고 들어가지 않으려 하는지 이해하지 못한다. 어차피 침대에 따라 기어올라올 테고, 그러면 그것은 딱 네 생각대로 한다. 부르르 떨면서 일어나 고래고래 악을 쓰고

그러면 너는 그것을 방밖으로 몰아내고 문을 잠그려 하지만 문 밑의 틈새를 통해 바닥으로 스며들어온다.

그 끔찍한 것은 바에서 만난 이상한 남자가 자기 나라 흑인들은 게으르다고 하는 말을 듣고 그대로 튀어나와 그를 덮치고 하마터면 칼로 찌를 뻔한다.

그 끔찍한 것은 네가 결코 상상할 수 없는 방식으로 충격을 준다,

네 발을 걸어 넘어뜨리고, 네가 해서는 안 될 일들과 결코 하지 않을 일들을 하면서,

너를 바보로 만든다. 그것은 교활해서 가끔은, 아니면 휴일에는 보이지 않는다. 여기서는 좋은 결정도 하나쯤 내리고, 저기서는 꽤 절제도 하고, 저기서는 중용도 지키고,

그러면 너는 그것이 너를 두고 떠났나보다 생각하지만, 네가 걸을 때 그 끔찍한 것은 구멍이 되어 너를 기다리고 있다. 땅바닥에 씨발 빌어먹을 구멍. 그 끔찍한 것 때문에 너는 할아버지 할머니에게 전화를 할 수 없고 그 끔찍한 것 때문에 아무도 루의 소식을 들을 수 없고 할머니가 루는 없고 삼촌 오빠는 멀리 있다는 이유로 마샤의 재를 집에서 멀리 가져가더라도, 그 끔찍한 것 때문에 아무도 불평하지 않는다. 그 끔찍한 것은 연기로 된 장벽이라, 언제나 중간에 끼어 만물을 흐릿하게 가린다. 윌리엄이 올해도 다음해에도 그다음해에도 생일날 전화를 하지만 그 끔찍한 것은 절대로 다시 전화를 하지 않고 도대체 어떤 불경한 영혼이 그 완벽하게 아름다운 것을 망쳐놨나 고민하게 한다. 네 발을 걸어 넘어뜨리고 넘어뜨리고 넘어뜨린다. 부적처럼, 녹물 같은 눈물방울처럼 네 목에 들러붙는다. 네 목에 구멍을 뚫고

거짓 이야기를 잔뜩 채워넣는다.

그 끔찍한 것은 한숨을 쉰다(또).

그 끔찍한 것은 골칫덩어리 남자가 너에게 마지막으로 위스키 한 잔을 더 사주겠다고 하자 몸이 녹는다. 그 최후의 위스키가 너를 벼랑 끝으로 밀어 떨어뜨린다.

그 끔찍한 것은 네가 다른 여자아이들을 제치고 일을 받자 못 믿겠다며 소리를 질러댄다. 그 끔찍한 것이 공중제비를 돌아 네 위장이 뒤집힌다. 빌어먹을 이 년하고도 반이 지나서야 마샤의 집을 팔았을 때 그 끔찍한 것은 외출해서 아이스크림을 먹고 저녁을 거르고 알코올을 끊는다. 어쩌면 그것은 네 친구일 수도 있다. 어쩌면 그 끔찍한 것은 네 심장일 수도 있다. 어쩌면 그 끔찍한 것은 어쨌든, 너를 사랑하는 걸까?

이 모든 걸 겪으면서도 내가 너를 데리고 다녔다는 걸 모르겠어?

그 끔찍한 것이 말한다.

네가 그나마 재수 좋은 여자라는 걸 몰라? 그 끔찍한 것이 외친다. 내가 너를 잡아줬다는 걸 몰라? 이 배덕하고 배덕한 괴물아? 이 나쁜 년! 그 어두운 시간들이 너를 더 강하게 만들어주었다는 걸 몰라? (끔찍한 것 가라사대.) 내가 없으면 넌 그저 일상적인 삶과 항상 공사중인 거의-집과 진심으로 사랑하지도 않으면서 꾹 참고 같이 사는 남자와 찾아가서 만났더라도 너한테 아무것도 못하게 하고 세상도 못 보게 했을 아버지를 둔 그저 평범한 여자애였을 거라는 걸 몰라? 쌓이는 청구서와 끔찍한 직업과 눈가의 주름과

주렁주렁 달린 아이들과 집 담보대출과 저축과 따분한 섹스 혹은 섹스리스와 미적지근한 삶을 사는 따분한 여자가 되었으리라는 걸 몰라? 씨발 내가 너를 안전하게 지켜주었다는 걸 모른단 말이야??? 그 끔찍한 것은 누런 눈을 희번덕거리며 호통을 친다. 내가 네게 최고의 시간대와 반짝이는 이야기와 펀치라인과 살아야 할 이유를 줬다는 걸 몰라? 그 약들이 널 죽인 것도 아니잖아—죽을 수도 있었고 죽었어야 했지만 절대 죽지 않았어, 네 인생이 끊임없이 이어진 마술 주문 같다는 걸 몰라, 너 바보야? 그 끔찍한 것은 이렇게 악을 써댄다…… 어, 너 바보야? 내가 없으면 넌 따분함 속에서 죽고죽고죽는다는 걸 몰라? 아무것도 배운 게 없어? 탄성회복력을 갖게 되었다는 걸 몰라? 내가 너를 부자로 만들어줬잖아!!! 그래…… 모를 줄 알았어, 훌쩍거리는

그 끔찍한 것, 그의.그녀의.그들의 머리(들)을 바람 속에서 격하게 흔들면서,

서로를, 세상을 등지며

그런데 왜 너는 나를 결코 사랑하지 않아?

묻는다 그 끔찍한 것이,

그녀의.그의.그것의 반짝이는 누런 눈이 분노로 젖어 있다.

그 끔찍한 것은 항상 네 곁에 있어주었다. 사실이다. 적어도 책들과 엄마와 조리대 이후로는. 그것은 여러 다양한 형태로 네 앞에 나타난다. 밤에 마샤와 말다툼을 할 때는, 린퍼드가 된다. 데이비드가 죽음의 미소를 띠고 네 문을 두드린다. 전등 스위치는 작동하지 않는다. 천장에 고양이 한 마리가 있다. 할아버지 할머니는 반짝이는 날개를 달고 밤늦게 네 방으로 날아 들어온다. 노크 소리에 문을 열면 고양이가, 꼭 자기 집인 것처럼, 화를 내며 걸어들어온다. 그런 식이다. 침대 속에 사자 한 마리가 있다. 부엌 바닥에는 긁힌 자국이 있다. 엄마는 네 꿈속에 텐트를 치고, 네 아버지는 등을 돌린 채 나타나는데, 돌아선 그는 스콧 배큘러다. 너는 밤에 잠을 이룰 수 없다. 선한 것과 좋은 것을 여는 비밀번호는 뭘까?

내가 익사한 걸까?

해수면 위로 올라가는 지점의 좌표는 뭘까?

영원히 물 위를 걸을 수 있는 사람은 없다. 아무도 소금과 소금물과 담즙을 영원히 먹고 살 수는 없다. 그리고 우리가 생존해야 한다면, 이게 다 무슨 이 모든 게 다 무슨 소용이고 왜 왜 왜 이 모든 고통 왜 천재지변 왜 정치 왜 전쟁 왜 날마다의 위험 왜 밭은 숨과 스트레스, 불안과 패닉의 담요,

왜 빈번한 두려움 우리는 죽을 때까지 성장할까 잘못된 짓을 하는 잘못된 것들이자 언제나 잘못된 것들인 우리는 지옥불에 타게 될까 왜 세계는 흑인들을 미워할까 이게 세상인가 이게 유일한 세상인가 이게 진실인가, 이 모든 것, 성경이? 신은 있는 건가 신은 있는 건가 그리고 신은 우리 편인가 적인가? 우리가 성삼위일체의 비위를 상하게 했을까 우리는 죽게 될까 우리는 죽을 건가 우리는 살 건가 우리 중 누구라도 살아서 사후의 영원한 세계로 갈 수나 있나 지구는 영원히 망가진 건가. 기후가 변하는 건 지구온난화 때문일까. 우윳빛 하늘을 분홍색으로 바꾸는 건 뭐지? 하늘에 피를 흘려 저 위의 구름을 붉게 물들이는 건 세계의 죄인가 아니면 사랑인가. 사랑일 수도 있을까? 하느님 맙소사,

사랑이 있을 수가 있나?

더 많은 사랑이 있을 것이다,

하늘이 말한다.

더 많은 사랑이 있을 것이다,

(i)

한 소녀가 바로 걸어들어오는데
네가 그 소녀다. 너와 그 끔찍한 것이 단둘이 술을 마시고 있
다, 서로 바짝 붙어앉아서, 손을 꼭 잡고, 오랜 연인들처럼
다정하게 굴면서. 바텐더가 와서 네게 말한다,
"왜 그렇게 우울한 얼굴을 하고 있어요?"
그가 네 이름을 묻는데, 너는 그 단어들이 입 밖으로 나올지
확신이 없다.

(ii)

한 소녀가 머리카락을 휙 넘기며 위스키를 두 잔째 마시고 기분이 좀 나아져서, 바에서 비틀거리며 서 있다. 소녀가 말한다, 그러며어어언-이건-다-뭐예에에요?

바텐더가 말한다,

이야기를 하는 밤이에요.

이야기를 해요?

맞아요, 이야기를 해요, 그가 말한다. 주로 시에 대해서요, 그가 말한다.

너는 시를 좋아하는가? 시를 기억하는가?

네 술기 밑에 뭔가 있다. 너는 시를 기억한다. 그들은 네 생각을 솔직히 쓰라고 한다. 그래서 그렇게 한다, 쓰고 또 쓴다. 그들은 너네 가족의 불화에 대한 시를 쓰라고 한다, 할 수 있다면. 다음주 월요일에, 할 수 있다면.

와서 그 시를 낭독하라고,

할 수 있다면.

너는 웃음을 터뜨린다. 너는 말한다, 그래요. 그래요, 할 수 있을 것 같아요.

끔찍한 것이 시를 쓴다, 사람들에게 감동을 준다
끔찍한 것이 시를 쓰고 사람들에게 감동을 주고
끔찍한 것이 시를 쓰고
사람들에게 감동을 준다
어쨌든, 뭐 하나라도 쓰려면 육 개월이 걸린다
1 너는 꿈을 꾼다
2 너는 잠에서 깨어난다
3 너는 앉는다
4 너는 의자/침대/
마룻바닥에 자리를 잡는다
5 너는 생각한다 무슨
일이 일어나고 있는
거야? 오늘은 아무것도
오지 않는 날인가?
이렇게 끝이 나는 건가?
6 그리고 너는 네 심장을
부여잡는다, 너도 모르게,
그리고 네 영혼이
올라온다. 네 영혼이
올라온다, 정말이다.

글이 막히거나 그런 일은 없다, 정말이지.

네 영혼이 부상하고 너는 그렇게 둔다. 혹은 그러지
않는다.

그 '시간'은 지금이다.

루와 나는 차 안에 죽치고 앉아 있다. 애들 엄마한테서 아이들을 데리러 가는 길이다. 루는 이제 아이가 셋이다. 나는 이번 주말 할머니를 보러 북부에 돌아왔다. 할머니가 아흔이 되기 때문이다.

잉글랜드 북부의 하늘은 약간 색이 바랬다. 어렸을 때는 훨씬 채도가 높았다고 확신하지만 그럴 리가 없다. 세계가 서서히 창백해지고 있는 게 아니라면.

이른 아침 시간이다. 우리는 바로 집 건너편에 차를 대고 보이는 만큼 보고 있다. 영리하게 우회로로 돌아와서 옛날 우리집을 몰래 살핀다. 이제는 깔끔하고 일도 잘하는 사람들이 살고 있다—현관의 페인트칠과 정돈된 잔디밭을 보면 알 수 있다. 집 뒤쪽으로 높은 나무문도 새로 설치해서 전체를 다 볼 수는 없었다. 하지만 밖에 이동주택이 한 대 서있는 것으로 보아, 이제는 정원도 잘 관리되고 있는 것 같다.

"최고로 좋은 사람들이 맡은 모양이네." 루가 으쓱하며 말한다.

하지만 그들은 장미 덤불을 그대로 두었고, 온실도 손대지 않았다. 집 앞 작은 화분에 담긴 식물은 이제 예쁘장한 양치식물이 되었다. 집은 아직도 마샤의 집이라고 속삭인다. 묘지는 아담하고 고요하다, 내 기억보다 훨씬 아름답다.

안쪽 복도의 불이 켜져 있다. 가서 초인종을 누르고 싶다. 안에 들어가서 구경 좀 해도 되느냐고 묻고 싶지만, 감히 용기를 내지 못한다. 저 안이 너무 많이 달라졌을까봐.

아니 더 나쁜 경우, 변함없을 수도 있어서.

아침 하늘에 달이 떴다, 한없이 둥글고 완강하다. 우리는 낄낄 웃어댄다, 루가 라디오 지역방송을 켰는데 디제이가 나와서 걸쭉한 촐리 억양으로 떠들어댔던 것이다.

비티 매클레인이 부른 〈내 사랑하는 이에게 바칩니다〉가 흘러나오는데

이 노래를 들으면 나는 언제나 마샤 데일리워드가 생각난다. 맙소사, 얼마나 춤을 잘 췄는지.

할머니 한 분이 모퉁이를 돌아나온다. 머리카락과 얼굴이 하얗고 형광 초록색 지팡이를 들었다. 나와 눈이 마주치자 일순 정지한다. 그녀는 결심한 듯 우리가 차를 세워둔 곳으로 건너오기 시작한다. 이 동네 사람들은 오지랖이 넓다. 하지만 여기는 우리 동네이기도 하다. 우리도 누구 못지않게 여기 차를 세울 권리가 있다.

할머니는 우리 쪽으로 건너오려는 눈치다.

마침내 그녀가 차에 가까이 왔을 때 나는 차창 유리를 내리고, 무슨 말을 하든 대처할 각오를 한다. 그녀는 지팡이에 기대고 말하기 전에 잠시 숨을 고르며, 루와 나를 번갈아 훑어본다.

"안녕하시우? 잘 지내요?"

"어…… 잘 지내요." 내가 말한다. "안녕하세요?"

"옛날에 여기 살았죠, 그렇죠?"

나는 놀라서 고개를 끄덕인다.

"둘 다 기억해요." 그녀가 말한다. "어머니하고 같이 살지

않았어요?"

이 말에 나는 한순간 멈칫한다. 목청을 가다듬는다. 나는 말한다.

"그랬어요, 하지만 오래전인데요. 이제 둘 다 멀리 이사갔어요. 저는 칠 년, 팔 년 만에 처음 온 거예요."

"십 년이야." 루가 말한다. "거의 십 년 됐어."

"그래요." 그녀가 말한다. "그래요. 두 사람 다 기억이 나요."

나는 그녀가 전혀 기억나지 않는다. 루는 몹시 조용하다.

"나는 저기 뒷집에 살았다우." 그녀는 내 생각을 읽기라도 한 듯 계속 말한다.

"남편은 사 년 전에 세상을 떠났어요, 그리고 이쪽, 여기 살던 이웃도 다 떠났죠.

둘 다 정말로 특별한 아이들이었어요. 우리는 언제나 그렇게 생각했지."

그러더니,

"오래 있다가 갈 거예요? 한번 놀러오지 않을래요?"

아무도 아무 말도 하지 않는다.

“비가 올 것 같네요.” 그녀가 말한다.

루가 고개를 끄덕이고 나는 하늘을 본다.

“런던에 돌아가야 해요.” 내가 말한다. “감사하지만 다음에요.”

“그래요.” 루가 말한다. “머지않아 한번.”

“아무튼, 행운을 빌어요, 두 사람 다, 잘됐으면 좋겠네.” 그녀가 말한다. “나는 이제 버스를 타야 해서.”

나는 감사하다고 말하고, 미소를 짓고 꾸벅 인사하며 차창을 올린다. 루는 또 말이 없어진다.

비티 매클레인이 계속해서 노래한다

“밤마다 당신이 잠자리에 들기 전에, 베이비

나를 위해 속삭여 기도해줘, 베이비.”

그리고 나는 머리받이에 머리를 대고, 마샤가 잡고 있던 내 손을 떠올린다. 그녀의 춤사위는 누구도 따라올 수 없었는데.

하늘에서 나지막하게 우르릉 소리가 난다.

느닷없이, 내 동생의 눈길이 조수석 창문 너머로 휙 돌아간다. 갑자기 홱 움직이더니

자기도 모르게 창밖으로 담배를 떨어뜨린다.

"왜???" 내가 말한다.

"뭔데?"

루가 말한다.

"장미 덤불 좀 봐."

"뭔데에에?

너 무슨 생각 하니?"

"맹세코 방금 뭐가 움직였어. 와아! 완전 미쳤어."

"헛소리하지 마."

하지만 루의 표정은 변함없다.

농담이 아닌 모양이다. 전혀 농담이 아니다.

나는 그애가 바라보는 쪽을 보고

나도 그애가 본 걸 본다.

이런 행운이 있다니. 이 얼마나 근사한 마술인가.

떠나가라 끔찍한 것들, 구마驅魔의 글쓰기와 카타르시스

이르사 데일리워드는 소위 '신세대 인스타그램 시인'의 선두주자다. 2014년 인스타그램에 올린 시들을 추려 자비로 시집 『뼈』를 냈다가 2017년 출판사와 정식 계약을 맺었다. 뼈처럼 간결한 문체로 놀랍도록 심오한 사유와 저릿하게 울리고 펄떡거리며 요동치는 감정을 건져내 문단에 신선한 충격을 주었다. 처음부터 이르사 데일리워드의 시들은 항상 고백적이었다. 제도권 등단을 건너뛴 작가의 아마추어리즘일 수도 있고 삶을 노출하고 전시하는 SNS 플랫폼의 특성이 작용한 탓일 수도 있다. 삶과 글 사이에 경계가 사라진 듯한 직접성이 그녀의 시를 규정한다. 친구이자 열혈 팬을 자처하는 뮤지션 플로렌스 웰치(플로렌스 앤 더 머신의 보컬)는 "이르사의 작품은 손안에 진실을 들고 있는 것 같다. 눈앞에서 땀을 흘리고 숨을 쉰다"고 말한 바 있다.

2018년 발간된 자서전 『테러블』은, 작품세계에 얄팍하게 둘러쳤던 허구의 막조차 걷어버리고 제 삶의 나신을 통째로 노출했다. 자기 글의 뿌리와 힘의 원천을 정확히 인식한 이 대담한 행보는 이르사 데일리워드가 덧없는 인스타그램의 유행에 그칠 그렇고 그런 작가가 아니라 새롭고 강력한 문학적 목소리임을 입증했다.

흔한 일이 아니다. 이십대를 한창 통과하는 청년이 삶을 돌아보고 글로 옮겨 "끔찍한 것"이라는 제목을 붙여 세상에 내보낸 것은. 어찌 보면 자서전의 장르 규칙에 대한 반란이다. 자서전은 노년의 전유물이고 세월이나 성공이라는 권위로 보증하는 지혜의 증언이며 사회적으로 인정받는 성취의 트로피가 아닌가. 대개 목가적인 유년기, 고난이 미화된 청년기의 위기를 거쳐 중년의 성공으로 절정에 달하고 자찬과 훈계로 맺어지는 기승전결을 따르며, 사회적으로 바람직한 역할 모델을 정립하는, 기능적으로는 공적이고 교육적인 산문이다.

반면 『테러블』은 미욱하고 불완전한 인생의 자백이다. 잘못 산 삶의 고해다. 형식도 파격이다. 시詩와 산문, 일인칭과 삼인칭을 자유로이 오가며 작고 느린 파국들로 점철된 일상을 심리적 체험으로 극화한다. 당돌하고 거침없는 『테러블』은 낡은 형식에 말 그대로 젊은 '피'를 수혈한다. 업적의 트로피는 상처와 결핍으로 대체된다. 아련한 추억이나 자랑스러운 성취는 없다. 외려 가장 숨기고 싶은 것들을 파내어 노출한다. 아무도 말하고 싶어하지 않는 악몽과 수치, 건드리기도 싫은 상처, 상실감과 우울증, 자기혐오, 괴로운 무기력, 중독과 절망. 이르사 데일리워드의 길지 않은 생은 불안과 혼란과 시행착오의 연속이고 기억이 닿는 한 언제나 무언가 끔찍한 것들이 덕지덕지 들러붙어 있다. 그 끔찍한 것들은, 그녀 밖에서 온 것도 있고 그녀 안에서 자란 것도 있으나, 언젠가 모르게 안팎을 구별할 수 없게 덩어리져 그녀가 날아오를 수 없도록, 그저 "가라앉을" 수밖에 없도록 그녀를 짓눌러왔다.

이르사 데일리워드가 태어나 자란 잉글랜드 북부의 소도시 촐리에는 흑인이 거의 없었다. 부모는 성장기에 방패가 되어주지 못했다. 자메이카계 이민 2세대인 엄마는 이미 아내가 있는 나이지리아 유학생인 아버지를 만나 그녀를 낳았지만, 얼굴도 한 번 못 본 아버지는 젊은 나이에 세상을 떠난다. 생활고와 못 믿을 남자친구에 시달리던 엄마는 결국 딸을 부모님께 맡긴다. 외할머니와 외할아버지는 금욕적이고 엄격한 기독교 종파의 열혈 신도로, "나를 씻겨주소서, 내가 눈보다 희어지리니"라는 찬송가를 부른다. 학교와 교회에서 유일한 흑인으로 이부동생 리틀 루 말고는 마음을 붙일 곳이 없던 이르사에게는 역할 모델이 아예 없었다. 예쁜 여자는 (미디어와 주변을 통틀어) 백인뿐이었다. 되고 싶은 것은 아무것도 될 수 없고, 자신과 닮은 존재는 하나도 찾을 수 없는 와중에, 일상은 한밤중 어둠을 헤치고 가시덤불숲을 통과하는 고역이다. 너는 잘못된 존재, 어딘가 틀려먹은 존재라고 말하는 끔찍한 것이 불쑥, 불쑥 튀어나와 제멋대로 삶을 망가뜨린다.

끔찍한 것들. 사람이 가장 자연스러운 형태로, 그냥 살 수 없게 만드는 것들. 흑인이고 여자이고 퀴어인 이르사 데일리워드에게, 너는 틀렸다고 말하는 "끔찍한 것"들은 어디에나 있다. 끈적하게 훑어보는 친구 아버지의 시선을 즐기는 제

마음속에도 있고 사춘기의 방 거울 속에도 있고 마약에 중독되어 흘려보내는 무위의 시간 속에도 있고 말쑥한 모델 에이전트의 독한 입에도 있고 좋은 남자의 청혼을 끝내 거절하고 반지를 빼게 만드는 제 안의 완강한 공허에도 있고 완벽한 신사처럼 보였던 상류층 성 구매자의 저열한 가학성에도 있는 그것.

이르사 데일리워드는 하루하루의 일상에 지뢰처럼 깔려 있다가 건드리면 잔인하게 폭발하던 끔찍한 것들을 손에 하나씩 들고 이리저리 돌리며 곰곰이 들여다보다 낱낱이 언어로 묘사한다. 글의 주술적 힘이 영혼을 잠식하는 "끔찍한 것"들을 포착해 양지로 끌어올린다. 하나, 하나, 빠짐없이 하얀 지면에 까만 활자로 잡아 박제한 후에야, 끔찍한 것들의 위력이 사그라진다. 유니콘이 돌아온다.

『테러블』은 트라우마의 치유다. 텍스트로 행하는 푸닥거리다. 삶에 들러붙은 귀신을 쫓는 살풀이굿이다. 과거를 씻고 미래를 구원하는 구마의 의례, 그리하여 새로운 자서전의 가능성, 우리가 삶을 글로 옮기는 또하나의 이유다. 삶의 끄트머리에 도달해서가 아니라 삶이 시작되는 시점에서, 자서

전을 써야 할 이유다.

『테러블』을 통해 이르사 데일리워드는 말한다. 누구나, 정직하기만 하다면, 자기 삶을 글로 옮길 수 있다. 글에는 힘이 있으니 펜대를 잡고 푸닥거리를 하라고. 삶의 발목을 잡고 늘어지는 모든 끔찍한 것들을 글로 써서 훠이 훠이 날려보내라고.

다만, 정직하기만 하다면.

이것은 무서운 전제다. 생각만 해도 소름이 끼치는 공포다. 자기 삶에 들러붙은 귀신들을 정직하게 마주보는 일이 얼마나 용감한 일인지, 『테러블』을 읽어보면 안다.

김선형

옮긴이 **김선형**
서울대학교 영어영문학과를 졸업하고 동 대학원에서 르네상스 영시 연구로 박사학위를 받았다. 세종대학교와 서울시립대학교에서 연구교수로 재직했다. 옮긴 책으로 『셀린』『프랑켄슈타인』『벤자민 버튼의 시간은 거꾸로 간다』『가재가 노래하는 곳』『시녀 이야기』『은하수를 여행하는 히치하이커를 위한 안내서』 등이 있다. 2010년 유영번역상을 받았다.

문학동네 세계문학
테러블

초판 인쇄 2019년 10월 17일 | 초판 발행 2019년 10월 25일

지은이 이르사 데일리워드 | 옮긴이 김선형 | 펴낸이 염현숙
기획·책임편집 정혜림 | 편집 류기일 이현정
디자인 김이정 이원경 | 저작권 한문숙 김지영
마케팅 정민호 정진아 함유지 김혜연 박지영 김수현
홍보 김희숙 김상만 오혜림 지문희 우상희
제작 강신은 김동욱 임현식 | 제작처 영신사

펴낸곳 (주)문학동네
출판등록 1993년 10월 22일 제406-2003-000045호
주소 10881 경기도 파주시 회동길 210
전자우편 editor@munhak.com | 대표전화 031) 955-8888 | 팩스 031) 955-8855
문의전화 031) 955-3579(마케팅) 031) 955-8861(편집)
문학동네카페 http://cafe.naver.com/mhdn | 트위터 @munhakdongne
북클럽문학동네 http://bookclubmunhak.com

ISBN 978-89-546-5843-0 03840

www.munhak.com